겨울 이야기

겨울 이야기
The Winter's Tale

윌리엄 셰익스피어 지음

김동욱 옮김

도서출판 **동인**

발간사

지금까지 셰익스피어 작품에 대한 번역은 끊임없이 다양한 동기에 의해 진행되어 왔다. 초창기 셰익스피어 작품 번역은 일본어 번역을 우리말로 옮기는 작업이었다. 일본이 서구에 대한 수용을 활발한 번역을 통해서 시도하였기 때문에 일본어를 공부한 한국 학자들이 번역을 하는데 용이했던 까닭이었다. 하지만 이 경우는 문학적인 차원에서 서구 문학의 상징적 존재인 셰익스피어를 문학적으로 소개하는 것이 목적이어서 문어체를 바탕으로 문장의 내포된 의미를 부연하게 되어 매우 복잡하고 부자연스러운 번역이 주조를 이루었던 것이 문제가 되었다.

그 다음 세대로서 영어에 능숙한 학자들이나 번역가들이 셰익스피어 번역에 참여하게 되었다. 셰익스피어 작품에 대한 수많은 주(note)를 참조하여 문학적 이해와 해석을 곁들인 번역은 작품의 깊이를 파악하는데 많은 도움이 되었다고 볼 수 있다. 하지만 셰익스피어 작품을 무대에 올리는 배우들에게는 또 다른 문제가 생길 수밖에 없었다. 문학적 해석을 번역에 수용하는 문장은 구어체적인 생동감을 느낄 수 없었고, 호흡이 너무 길어 배우가 대사로 처리하기에 부적합하였다.

이런 문제점을 해결하기 위해서 번역가마다 각자 특별한 효과를 내도록 원서에서 느낄 수 있는 운율적 실험을 실시하기도 하였다. 그런 시도는 셰익스피어 번역에 새로운 분위기를 자아내었을 뿐 아니라 다양한 번역이 이루어져 나름의 의미가 있었다고 본다. 반면에 우리말을 영어식의 운율에 맞추는 식의 인위적 효과를 위해서 실험하는 것은 배우들이 대사 처리하기에 또 다른 부자연성을 느끼게 하였다.

한국에서 셰익스피어를 연구하는 학자들이 모이는 한국셰익스피어학회에서 셰익스피어 탄생 450주년을 기념하여 셰익스피어 전작에 대한 새로운 번역을 시도하기로 하였다. 우선 이번 번역은 셰익스피어 원서를 수준 높게 이해하는 학자들이 배우들의 무대 언어에 알맞은 번역을 한다는 점에서 차별성을 두고자 한다. 또한 신세대 학자들이 대거 참여하여 우리말을 현대적 감각에 맞게 구사하여 번역을 하자는 원칙을 정하였다.

시대가 바뀔 때마다 독자들의 언어가 달라지고 이에 부응하는 번역이 나와야 한다고 본다. 무대 위의 배우들과 현대 독자들의 언어감각에 맞는 번역이란 두 마리 토끼를 잡는 것은 그리 쉬운 일은 아니지만 매우 의미 있는 일일 것이다. 이번 한국 셰익스피어 학회가 공인하는 셰익스피어 전작 번역이 성공적으로 이루어지도록 뒷받침하는 도서출판 동인의 이성모 사장에게 심심한 감사의 뜻을 전하며 인문학의 부재의 시대에 새로운 인문학의 부활을 이루어내는 계기가 되리라 믿는다.

2014년 3월
한국셰익스피어학회 17대 회장 박정근

옮긴이의 글

셰익스피어학회에서 야심차게 기획한 셰익스피어 전작 공연용 번역의 취지에 맞추어 공연에 적합한 대사를 염두에 두고 번역문장들을 다듬었으며, 원문의 행수와 번역문의 행수를 가급적 맞추었다. 궁중용어들은 우리 관객에게 낯익은 용어를 활용하였다. 예를 들어, 시실리어의 어린 왕자로 등장하는 마밀리어스의 경우, 이전의 번역에서 '왕자님'으로 일관되게 번역하였던 것을 상황에 맞추어 '동궁(마마)', '왕자(님)', '저하' 등으로 옮겼고, 통상 '광대'라고 번역되었던 양치기 아들의 이름도 고유명사로 사용한 작가의 의도를 살려 '클로운'으로 옮겼다. 그밖에도 '알현', '신(소)첩', '주상(마마)', '아바마마', '어마마마', '소신(인)' 등과 같은 용어들도 상황에 맞추어 다양하게 활용했다.

셰익스피어 작 『겨울 이야기』 번역에 사용된 원문 텍스트는 인터넷 판 텍스트이며, 이를 아든 판 행수에 맞추었다. 본문 번역은 셰익스피어 탄생 400주년을 기념하여 1964년도에 출판된 故 김재남 교수의 번역(휘문출판사)과 故 고석구 교수의 번역(정음사)을 위시하여, 이덕수 영남대 명예교수의 영한대역주석본과 신정옥 명예교수의 번역(전예원출판사) 등 기존 전공학자들의 번역본들은 물론이고, 전문번역가 故 이윤기 씨가 이다희 씨와 공역한 번역(달궁출판사, 2005)도 두루 참고하였으며, 그 중에서 故 김재남 교수의 번역에 큰 도움을 받았다. 각주는 셰익스피어 학회의 가이드라인에 따라 장면의 배경 설명, 사건, 은유나 상징 등에 대한 설명, 말장난에 대한 설명 등과 같이 작품의 이해를 돕는 데 꼭 필요한 것으로 판단되는 경우로 제한했으며, 등장인물과 지명 등과 같은 고유명사의 표기는 셰익스피어 학회에서 발간한 『셰익스피어 연극사전』을 따랐다. 작품 해설은 아든 판 및 펭귄 판을 비롯하여 리버사이드 셰익스피어, 펠리칸 셰익스피어 등과 같은 전집들에 수록된 해설과 기 출판된 단행본 및 관련 서적들을 두루 참고하여 작성하였다.

2015년 1월
김동욱

│ 차례 │

발간사　　5

옮긴이의 글　　7

등장인물　　10

1막　　11

2막　　41

3막　　71

4막　　95

5막　　153

작품설명　　187

셰익스피어 생애 및 작품 연보　　205

등장인물

장소: 시실리아 및 보헤미아

레온티스 시실리아의 왕
마밀리어스 시실리아의 어린 왕자
카밀로, 안티고너스, 클레오미네스, 디온 시실리아의 4인방 충신
폴릭세네스 보헤미아의 왕
플로리젤 보헤미아의 왕자
아르키다머스 보헤미아의 충신
양치기(노인) 퍼디타의 양부로 알려진 사람
클로운 그의 아들
오톨리커스 떠돌이 부랑자
선원 1명
옥리 1명
허마이어니 레온티스의 부인, 시실리아의 왕비
퍼디타 레온티스와 허마이어니 사이의 딸
폴리나 안티고너스의 부인
에밀리아 허마이어니의 시종
몹사 & 도커스 여자 목동
그 외 왕의 신하들 및 남녀 귀족들, 관리들, 그리고 하인들 및 남녀 목동들
타임 서사역

1막

1장

시실리아, 레온티스의 궁궐 안 또는 근처

카밀로와 아르키다머스 등장.

아르키다머스 카밀로 경, 혹여 저처럼 방문단의 일원으로 보헤미아를
오시게 된다면, 이미 말씀드렸다시피, 저희 보헤미아와
시실리아 사이에 큰 차이가 있다는 사실을 아시게 될
것입니다.

5 **카밀로** 제가 보기에, 올 여름쯤에, 시실리아 왕께서 답방
형식으로 보헤미아를 방문하실 것으로
사료되옵니다만.

아르키다머스 저희 측 접대가 미흡하여 부끄럽게 되겠지만, 그래도
답방해 주시면, 성심껏 모시도록 하겠소이다, 진정코.

10 **카밀로** 과찬이십니다.

아르키다머스 저희 사정은 제가 잘 알고 있기에 드리는 말씀인데, 저희는
이렇게 성대한, 아니 뭐라고 표현해야 좋을지 모르겠지만,
전대미문의 접대는 할 수 없을 것입니다. 저희는 그저 잠이나
푹 주무시도록 약주나 권해드릴까 합니다. 취하시면 (저희의
15 소홀한 접대를 깨닫지 못하시고) 저희들에게 칭찬까지는
하시지 않으시더라도 책망은 덜하실 터이니 말입니다.

카밀로 당연히 해야 할 것을 했을 뿐인데요, 과분한 칭찬에 몸 둘 바를 모르겠습니다.

아르키다머스 진심입니다. 저는 지금 솔직한 심정을 토로하고 있는 것입니다. 20

카밀로 시실리아 왕께서 보헤미아 왕에게 지나친 친절을 베푸는 것이 아니라고 사료됩니다. 두 분 왕께서는 어린 시절 함께 공부한 죽마고우이신 만큼, 그때부터 두 왕 사이에 싹튼 우정이 뿌리를 내려 이제 각자 벗은 가지로 성장 하신 셈이지요. 두 왕께서 성장하시어 정사에 쫓기다 25 보니 서로 직접 만나지는 못하셨지만, 공무로라도 선물과 서신, 그리고 정겨운 사절단으로 교분을 이어오셨으니, 비록 서로 떨어져 계셨지만, 두 분은 늘 함께 지내오신 것과 진배가 없사옵니다. 수륙만리 저 너머로 서로 손을 잡으신 것이고, 서로 반대 방향으로 부는 바람의 양 끝에 30 계시면서도 서로 포옹하신 셈이지요. 천지신명이시어 부디 두 분의 우정이 지속되게 해 주소서!

아르키다머스 이 세상에 그 우정을 변하게 할 어떤 악의도 변고도 없을 것입니다. 귀국에는 어린 마밀리어스 왕자님이 계셔서 매우 흐뭇하시겠습니다. 그토록 장래가 촉망되는 훌륭하신 35 왕자님을 내 일찍이 본 적이 없답니다.

카밀로 전적으로 동감합니다. 장래가 촉망되는 훌륭한 아드님이시지요. 노인들에게 생기를 불어 넣어 주실 만큼 보약 같은 분이시랍니다. 왕자님이 태중에 있을 때 이미 지팡이를 짚고 다니던 노인네들조차

왕자님께서 성인이 되는 모습을 볼 때까지 살고 싶다고 아우성이

40 랍니다.

아르키다머스 왕자님이 아니었으면 죽어도 좋다고 하실 분들인가요?

카밀로 그렇답니다. 다른 이유가 없다면, 다 늙은 노인들이 왜 더 살고 싶다고 하겠습니까?

아르키다머스 만약에 전하에게 세손이 없었다면, 노인들은 지팡이를 짚고서라도

45 세손을 낳을 때까지 살기를 원한다고 했겠지요. 함께 퇴장

2장

레온티스의 궁궐

레온티스 왕, 허마이어니 왕비, 마밀리어스 왕자,
폴릭세네스 왕, 충신 카밀로, [시종들] 등장.

폴릭세네스 제가 아무런 걱정 없이 왕좌를 비워둔 지도
　　　　어느덧 목동들의 달력으로 따져 달이 차고
　　　　기울기가 아홉 번[1]이 되었소이다. 그동안
　　　　제게 베풀어 주신 후의를 되갚아 드리려면,
　　　　그만큼의 세월이 필요하겠습니다만, 영구히　　　　　5
　　　　갚을 수 없는 빚만 지고 가게 되었소이다.
　　　　그러니 영이라는 숫자처럼(영을 붙여 수가 늘어나듯이)
　　　　떠나기 전에 "수천 번 감사드립니다"라는
　　　　말씀만 남길 밖에요.
레온티스　　　　　　감사한다는 말씀은 잠시 접어
　　　　두셨다가, 떠나실 때에 하시지요.
폴릭세네스　　　　　　　전하, 내일 떠나려 합니다.　　　10

---

1. 아홉 번: 양치기들이 달의 차고 기운 것을 세는 방식으로 방문한 지 9개월이 되었다
　는 뜻. 당시 기준으로는 9개월은 국빈방문 등의 이유로 체류할 수 있는 최대한의 기
　간임. 이와 동시에 허마이온 왕비가 임신 9개월이라고 했으므로, 레온티스 왕의 오
　해의 단초가 됨.

제가 왕좌를 비운 사이에 무슨 일이나 일어나지 않았는지
걱정이 앞선답니다. 혹여 모국에 사나운 폭풍이라도 불어
닥쳐, '내 예감이 맞았구나' 하고 말하게 될까 염려가
되는군요. 게다가 제가 너무 오래 체류하여 전하께 폐만
끼쳐드리게 되었구요.

15 **레온티스**   과인의 우정은 더 오래 체류하신다고 해도
폐가 되지 않을 만큼 견고합니다.

폴릭세네스   더 이상의 체류는 곤란합니다.

레온티스 그렇다면 딱 일주일만이라도 더.

폴릭세네스   내일 아침에 떠나겠습니다.

레온티스 정 그러시면, 반 주일만이라도 더 체류하시는 걸로 하시지요.
더 이상 왈가왈부하지 않겠습니다.

폴릭세네스   부디 바라옵건대, 전하, 그렇게
20 강요하지는 말아 주세요. 전하의 말씀만큼 제 마음을 즉각
움직일 수 있는 말은 세상 천지에 없답니다. 지금도
전하께서 간청하시면, 거절해야 마땅한 경우라도,
저로서는 따르지 않을 수 없습니다만, 본국에 일이
생겨서 부득이 귀국을 서두르게 되었답니다. 그러니
25 전하의 우정 어린 만류가 제게는 채찍처럼 느껴집니다. 저의
체류가 전하께 부담과 폐만 될 뿐이오니, 이 모두를 위해,
형제 전하여, 작별을 고하는 것입니다.

레온티스   왕비는 왜 말이 없소? 말 좀 해주시오.

허마이어니 저는 보헤미아 왕께서 맹세코 더 체류하지 않겠다고 전하에

게 말씀하실

때까지 입을 다물고 있을 작정이었답니다. 전하, 만류의 말씀이 너무

미약하세요. 보헤미아의 국내 사정이 평화롭다는 사실이 확인되었다   30

보헤미아 왕께 말씀드리셔야죠. 일전에 있었던 보고로 그 점은

확실하게

판명되었지요. 그 점만 말씀드리면, 보헤미아 왕께서도 더 이상 고집

피우지 않으실 텐데요.

레온티스   말 잘했소, 왕비.

허마이어니 왕자님이 보고 싶다고 말씀하시면, 어쩔 수가 없지요.

그런 말씀이시었다면, 기꺼이 가시도록 해야겠지요.   35

그런 말씀이시라고 맹세하시면, 가셔야 마땅하고,

만류는커녕 실감개로 때려서라도 서둘러 귀국하시도록

해야지요. 그러나 전하의 체류 기간을 기어이 일주일만

연장해야겠습니다. 그 대신 제 남편이 보헤미아에

답방하실 때, 원래 정했던 예정 기간보다 한 달을   40

더 체류하게 제 남편을 붙잡으셔도 저는 동의하겠어요.

그렇다고 해서, 레온티스 전하, 제가 전하를 사랑하는 마음은

남편을 사랑하는 그 어느 부인의 애정보다 시계의 째깍 소리

한번 만큼도 뒤지지 않답니다. 자, 더 머무르실 거지요?

폴릭세네스   아닙니다, 왕비마마.

허마이어니 아니긴요, 더 체류하실 거지요?

폴릭세네스   곤란합니다, 정말로.   45

허마이어니 정말로!

그렇게 간단한 맹세로 저 청을 거절하시다니요. 그래도 저는
전하께서 밤하늘의 별을 끌어내리는 맹세를 하시더라도
'못 가십니다, 전하'라고 말씀드리겠어요. 정말로
50 못 가십니다. 낭자들의 '정말로'도 낭군들의 '정말로'
만큼이나 위력이 세답니다. 그래도 가시겠어요? 그러시다면
전하를 귀빈으로서가 아니라 포로로 잡아둘 수밖에요. 그렇게
되면, 떠나실 때에 벌금을 지불하셔야 해요. 감사의 말씀은 필요
없고요. 어떻게 하시겠어요? 저의 포로가 되시겠어요? 아니면
55 저의 귀빈으로 남으시겠어요? 전하의 말씀처럼 '정말로' 둘 중
하나를 선택하셔야 해요.

폴릭세네스   그럼 귀빈으로 남겠습니다, 왕비마마.
왕비마마의 포로가 되는 것은 제가 왕비마마께 무슨 죄를 짓는
꼴이 되는데, 그것은 왕비마마가 저에게 벌을 내리시는
것만큼이나 어려운 일이니까요.

허마이어니   그럼 전하의 간수가 아니라,
60 친절한 안주인으로 모시도록 하지요. 자 그럼 제가 전하와
우리 주군의 장난꾸러기 어린 시절에 대해 여쭈어 보겠사옵니다.
그 시절엔 두 분 모두 소공자셨지요?

폴릭세네스   우리 둘은, 왕비마마,
지난 시절을 되돌아 볼 새도 없었고,
내일도 마치 오늘 같았으며, 영원히 꼬마로
살 줄 알았던 개구쟁이들이었지요.

65 **허마이어니**   두 분 중에서 우리

주군이 더 심한 개구쟁이가 아니셨든가요?

폴릭세네스 저희 둘은 햇살 속에서 껑충껑충 뛰어 다니며,
번갈아 울어대는 쌍둥이 양과 같았답니다. 우리는 서로
천진난만한 마음을 주고받았고, 나쁜 짓은 알지도 못
했으며, 누가 나쁜 짓을 하리라고는 꿈도 꾸지 않았지요. 70
만약에 우리가 그런 삶을 지속하고, 우리의 연약한 영혼이
훨씬 강력한 혈기와 함께 성장하지 않았더라면,
우리는 하늘을 향해서 당당하게 '무죄다'라고
주장할 수 있었을 것이고, 심지어 우리의 원죄까지도
털어버릴 수 있었을 것입니다.

허마이어니   그리 말씀하시오니, 그 이후로 75
전하께서 실책이라도 범하셨나요?

폴릭세네스   오, 신성무구하신 마마,
그 후 우리는 수많은 유혹을 받았답니다. 아직 깃털도 나지
않았던 그 어린 시절에는 제 아내도 한낱 소녀에 불과했고,
고귀하신 왕비마마께서도 그 시절엔 아직 제 죽마고우의
눈에도 들어오지 않았사옵니다.

허마이어니   그랬어요? 80
결론까지 말씀하시지는 마세요, 전하의 비와 제가
모두 악마라는 말씀은 듣고 싶지 않네요. 하지만 계속하세요.
저희 때문에 두 분께서 지으신 죗값은 저희가 치를 터이오니,
두 분께서 저희들과 처음으로 죄를 지셨고, 저희들과 함께 두
분께서 계속해서 죄를 짓고 있으시며, 저희들과 함께 지은 죄 85

말고는 어떤 죄도 지은 적이 없다면 말이에요.

레온티스   더 체류하기로 했소?

허마이어니 그리하시기로 했답니다, 전하.

레온티스   내가 그렇게 청해도 듣지 않더니만.

내 사랑하는, 허마이온 왕비, 그대가 이보다 더 훌륭하게 설득한

적이 결코 없었소.

허마이어니   결코 없었다고요?

레온티스   결코 없었지, 딱 한번 빼고.

90 **허마이어니** 뭐지요! 신첩이 두 번 잘한 설득이? 이전엔 언제였나요?

제발 말씀해 주세요. 칭찬으로 신첩을 채워주시어, 길들인

가축처럼 살찌게 해주세요. 한 가지 선행도 묵살당하면,

그 뒤를 이을 천 가지 선행을 말살시키는 법이지요.

칭찬은 저희들의 보상이랍니다. 전하의 다정한 한 번의

95 키스로 저희는 천리를 달려갈 수 있지만, 박차로는

십리도 달려갈 수 없답니다. 본론으로 돌아가지요.

신첩의 두 번째 선행이 친구 분을 더 머무르시게 설득한 것이고,

첫 번째 선행은 무엇이지요? 두 번째 선행에 언니가 있었군요,

신첩이 틀리지 않았다면요. 오, 첫 번째도 축복이었으면!

100 신첩이 이전에도 효험 있는 말을 했다고요? 언제지요?

아니에요, 말씀해 주세요, 제발요!

레온티스   왜, 그거야

석 달 동안 꿈무니만 빼다가 제풀에 시들해져서, 그대가

하얀 손을 활짝 펴고 내 사랑에 맞장구를 치게 된 때였소.

그때 그대는 '신첩은 영원히 전하의 여인이옵니다.'

라고 말했었지.

허마이어니　　　　그것이야말로 축복이옵니다.　　　　　　　　　　105

잘 보세요, 신첩은 두 번 효험 있는 말을 했사옵니다.

첫 번째로는 국왕 전하를 얻게 되었고, 두 번째로는

전하의 친구 분을 더 머무르시게 했으니까요.

　　　　　　　　　　　　　　　　[폴릭세너스에게 손을 내민다]

레온티스　　　　　[방백] 뜨거운 사이군, 너무 뜨거워!

우정도 지나치면 피를 섞는 욕정으로 변하는 법.

내 가슴이 설레고, 내 심장이 춤을 추지만,　　　　　　　　110

이는 기쁨 때문이 아니야, 절대로. 이런 환대는

천진난만한 얼굴을 하고, 마음 속 깊은 곳에서

따뜻한 후의에서 비롯된 것인 만큼, 저 여인에게

썩 어울리는 일인 거야. 그 점은 나도 인정하지.

그러나 손바닥을 주물러대고, 손가락으로 저렇게　　　　115

희롱해대며, 마치 거울을 들여다보듯이 미소 지으며,

그러고 나서는 마치 사슴의 죽음을 알리는 뿔 나팔

소리 같은 한 숨을 짓다니－오, 저런 환대는

내 마음에 들지 않고, 내 이마에 뿔이 돋게 할 짓²이야.

마밀리어스, 너는 내 아들이냐?

---

2. 내 이마에 뿔이 돋게 할 짓: 즉 아내의 부정으로 자신이 오쟁이 진 남편이 되었다는
　의미임. 당시에는 부인이 부정을 저지를 경우 그 남편의 이마에 뿔이 돋는다고 믿었
　으며, 상대방에게 이마에 손가락을 갖다 대고 뿔이 돋는다는 시늉을 하는 것이 큰
　욕이었음.

마밀리어스	네, 전하.

120 **레온티스**   과연 그렇구나.

과연 내 아들이야. 이게 뭐냐! 네 코에 묻은 게?
사람들은 네가 나를 쏙 빼어 닮았다고 하지. 이리 오시오,
대장님, 뿔 딱지를 붙이고 다니면 아니 되지. 뿔난 짐승이라는
뜻이 아니라, 청결하게 해야 한다고. 대장. 수소건 어린 암소건,
125 송아지건 모두 뿔난 짐승들이지. —아직도 저 놈의 손바닥을
주물럭거리고 있구나! —여봐라, 떠돌이 송아지!
너는 송아지냐?

마밀리어스   네, 아바마마의 뜻이 그러시다면요.

레온티스 동궁은 아직 나처럼 얼굴에 거친 수염도 뿔도 없으니
나와 똑같을 수는 없지. 그런데도 사람들은 우리가
130 달걀만큼이나 닮았다고들 하는구나. 여인네들도 그리 말하고,
(여인네들이야 무슨 말이든 못하랴 만은). 아무리 여인네들이
과도하게 염색한 검은 천처럼, 바람처럼, 비처럼 변덕스럽고,
상대방의 것과 내 것을 구분하지 않는 노름꾼의 주사위처럼
미덥지 못하다고 해도, 이 녀석과 내가 서로 닮았다는 것은
135 사실인 모양이다. 자, 동궁, 네 하늘 빛 눈으로 나를 좀
쳐다 보거라. 귀여운 악동!
사랑스럽기 그지없는 내 피붙이야. 네 어미가 어찌? —그럴 수가? —
연정! 마음만 먹으면 심부를 찌르는 법.
연정은 불가능한 것도 가능하게 하고,
140 꿈과도 소통하지. —어떻게 그게 가능하단 말인가? —

연정은 가공의 것과도 반응하고, 공허한 것과도 교류한다.

그러니 현실에 있는 대상하고 수작을 부리는 것은 당연지사지.

연정이 행동을 개시했고, (허용된 한계를 넘어서) 내 그 꼴을

보고 있다. (그래서 내 머리는 광기로 오염되고 내 이마는 굳어져

뿔이 돋으려 하는구나).

폴릭세네스　　　　　　　왜 그러십니까, 시실리아 국왕 전하?　　　145

허마이어니　전하께서 어딘지 불편하신 모양입니다.

폴릭세네스　　　　　　　　무슨 일이요, 전하?

어찌 그러시오? 어디 불편하십니까, 전하?

허마이어니　　　　　　　전하께서

몹시 언짢은 표정이시옵니다.

노하셨나요, 전하?

레온티스　　　　　아니오, 진정코.　　　　　　　　　　　　150

천성은 때때로 그 어리석음과 그 연약함을 드러내어서,

보다 굳건한 마음을 가진 자들에게 스스로 소일거리가

되는 구료! 동궁의 얼굴에 새겨진 모습을 보니,

내가 이십 삼 년 전으로 돌아간 것 같았는데, 그 때

나는 바지도 입지 않고, 녹색 벨벳 외투만 걸쳤었고,　　　　　155

내 단검은 주인의 몸을 찌르지 못하도록 칼집에

고정시켜 놓았으며, 장신구들조차 지니기엔 너무

위험했다오. 그 시절 나는 이 꼬마 신사, 이 낱알,

이 콩깍지를 꼭 닮았겠구나 하는 생각을 했소.

내 믿음직한 친구, 그대는 돈 대신 달걀을 주면　　　　　　　160

받겠느냐?

마밀리어스 아니요, 전하, 결투를 할 것이옵니다.

레온티스 결투를? 부디 행복한 사람이 되어라! 형제 전하,

전하께서도 전하의 어린 동궁이라면 사족을 못 쓰십니까,

과인처럼 말이오.

165 **폴릭세네스** 　　　고국에서라면, 전하,

동궁은 과인의 소일거리요, 즐거움이자 관심사지요.

과인과 신의를 맹세한 친구이기도 하고, 때로는 과인의 적이기도

하지요

과인의 기생충이요, 과인의 든든한 병사이며, 과인의 정치가랍니다.

동궁하고 지내면 기나긴 칠월의 낮 시간도 동짓달의 짧은 낮 시간이

170 되고, 동궁의 갖가지 재롱으로 과인의 온갖 시름이 치유되고 제 피를

탁하게 하는 울적한 생각들도 말끔해 진답니다.

레온티스 　　　　　　　　　이 녀석도 과인에게

그런 역할을 한다오. 과인은 동궁과 함께 산책이나 할까 하오, 전하.

여기서 더 소중한 걸음을 계속하세요. 허마이온 왕비,

그대가 과인을 사랑하는 만큼 우리 형제 전하를 환대해 주시오.

175 시실리 천지의 값진 보물도 싸구려로 여기시오.[3]

그대와 과인의 어린 동궁 다음으로, 그분은

---

3. 시실리 천지의 값진 보물도 싸구려로 여기시오: 가능한 모든 수단을 강구하여 체류
를 연장하시도록 설득해 달라는 의미인 동시에 레온티스의 이 말은 실제로 시실리
어의 값진 보물에 해당하는 허마이온 왕비와 마밀리어스 왕자의 몰락을 암시하는
전조하는 아이러니를 담고 있음.

내 마음에 소중하신 분이시니.

허마이어니   전하께서 저희를 찾으시려면,

저희는 정원에 있겠사옵니다. 저희가 거기서 전하를 기다릴까요?

레온티스 두 분 좋으실 대로 하시오. 하늘 아래 어디에 있어도

찾게 되고 말테니. [방백] 이제 나는 낚싯줄을 놓았고,   180

너희들은 내가 놓아둔 낚시 줄을 알아채지 못하겠지만.

집어쳐라, 집어쳐!

어찌 왕비가 주둥이를 쳐들고, 저 놈에게 저렇게 부리를 비벼댄

　단 말인가!

그리고 자신의 몸을 허락한 남편에게 하듯이 대담하게

팔짱을 끼는구나!   [폴릭세너스, 허마이오니, 그리고 시종들 퇴장.]

　　　　　벌써 사라졌군!   185

확실하게도, 무릎까지 깊이, 머리며 양쪽 귀에까지 뿔이 돋겠군.

가서 놀아라, 얘야, 놀아. 네 어미도 놀아나고, 나도

놀아나고 있단다.⁴ 그러나 내 놀이는 너무 치욕스러워

무덤까지 야유를 받게 될 것이다. 경멸의 아우성 소리가

내 조종이 되겠지. 가서, 놀아라, 얘야, 어서 놀아. 방금   190

전까지도 오쟁이 진 남편들은 있었고, (아니라면 내가 완전히

속은 것이지) 수많은 남자들이 (지금 이 순간에도, 내가 이

---

4. 가서 놀아라, 얘야, 놀아. 네 어미도 놀아나고 나도 놀아나고 있단다: 마밀리어스 왕
　자에게 권유하는 앞의 '놀아라'는 어린 아이들의 놀이를 의미하고, 뒤에 사용한 '놀
　아나고'는 허마이온 왕비가 바람을 피우고, 그로 인해 자신도 농락당하고 있다는 의
　미의 자조적인 대사임.

말을 하고 있는 지금도) 자기 아내의 팔을 붙잡고 있다.
자리를 비운 사이에 자기 아내가 연못에 물을 끌어들여
옆집 남자가, 자기 이웃인 미소 양반이 자기 연못에서
낚시질을 하고 있다는 것을 꿈에도 생각하지 못하지.
나만 당하는 것이 아니라 위안은 되는군,
다른 남자들도 수문이 있는데, 그 수문들도 내 수문처럼
자신도 모르는 사이에 활짝 열렸다고 생각하니. 부정한
아내를 둔 남자들이 모두 절망에 빠진다면, 세상 모든
남자들의 십분의 일은 목매달아 죽을 것이다. 고칠 약은
세상에 없다. 그것은 기세가 등등하여 모든 것을 파멸 시키는
음탕한 별이야. 그리고 동서남북 사방으로부터 위세를 떨치고
있음이 분명해. 결론적으로 말해서, 배꼽 아래의 일을 지켜줄
방법은 없어. 확실해, 적이 집 꾸러미를 둘러맨 채 들락거리는
것도 허용할 거야. 우리 남자들 중에서 수천 명이 이 병에
걸리고도 깨닫지 못하고 있는 거지. 무슨 일이냐, 동궁?

마밀리어스 소자는 아바마마를 닮았다고들 하옵니다.

레온티스   그래, 거 반가운 소리구나.
여봐라, 게 카밀로 경 있느냐?

카밀로 예, 전하.

레온티스 가서 놀아라, 마밀리어스. 너는 정직한 남자이니라.

                          [마밀리어스 퇴장.]

카밀로 경, 귀빈께서 좀 더 체류하실 것이오.

카밀로 전하께서 그 분의 닻을 붙잡아 놓으시려고 무던히도 애를

쓰셨는데, 전하께서 던지신 닻은 늘 되돌아왔지요.

레온티스   그걸 눈치 챘었나?

카밀로 그 분은 전하의 간청에도 더 체류하시지 않는다고 하시고,   215

본국의 국사가 더 중요하다고 하셨습니다.

레온티스   그걸 알아챘었나?

[방백] 사람들이 벌써 내 처지를 알아채고, 여기저기에서 수군거린다.

'시실리아 왕이 어쨌다더라'는 소문이 좍 퍼졌는데, 나만 그걸

모르고 있었구나. 그래, 카밀로 경, 어떻게 보헤미아 왕이 더

머무르게 되었는가?

카밀로   정숙하신 왕비마마의 간청 때문이지요.   220

레온티스 왕비의 간청이 있었네. '정숙한'이란 말은 적절한 말이기는

하나, 이 경우에는 그렇지 않네. 자네 말고

이 일을 알아챈 사람들이 있을까?

자네의 이해력은 흡수력이 탁월해서

보통 멍청이들보다 더 빨리 알아챘겠지.   225

명석한 놈들 이외에는 아무도 알아채지 못했겠지?

머리가 비상하게 좋은 놈들 말이야? 비천한 놈들은

이 일에 대하여 눈뜬 봉사들 아니겠는가? 말해보게!

카밀로 이 일이라니요, 전하? 소신의 견해로 거의 다 보헤미아 왕께서

이곳에 더 머무신다고 알고 있을 것입니다.

레온티스   뭐야?

카밀로   여기 더 체류한다고요.   230

레온티스 그래, 그 이유는?

카밀로 전하의 의중도 헤아리시고, 더 없이 자애로우신

왕비마마께서도 간청하셨으니까요.

레온티스   의중을 헤아려?

왕비마마의 간청이라고? 헤아린다고?

그걸로 족하네. 나는 그대를 신뢰해서, 카밀로 경,

내 사적인 일상사는 물론이고, 마음 깊은 곳에 있는

속사정들까지 모두 털어 놓았으며, 그러면 그대는,

마치 신부님처럼, 내 꽉 막힌 속을 뚫어 주었다네.

그대 덕에 나는 개전한 참회자가 될 수 있었지. 그러나

240   나는 그대의 성실성에 속아온 거야, 성실해 보이는

그 겉모습에 말이야.

카밀로   천부당만부당하신 말씀이시옵니다. 전하!

레온티스 따져보자면, 그대는 정직하지 않거나, 아니면,

혹여 정직한 구석이 있다고 치더라도, 그대는 겁쟁이야.

그러니 정직이란 놈의 발뒤꿈치 힘줄이 잘려서,

245   제대로 갈 길을 못가는 거지. 그렇지 않다면, 그대는

나의 절대적인 신임을 먹고 사는 신하이면서도

소임에 태만하거나, 그도 아니면, 바보지,

큰 판돈이 오고가는 노름판에 끼어들어 한 번에 장난인양,

가진 돈을 몽땅 거는 천치야.

카밀로   자애로우신 전하,

250   소신이 태만하고, 어리석으며, 겁쟁이 일 수도 있사오나,

누구라도 태만과 어리석음, 그리고 두려움 중의

하나는 다 가지고 있어서, 속세에서 행해지는
무수한 소행 가운데 언젠가는 그런 단점을 드러
내게 마련이지요. 전하의 분부를 받잡는 경우에도, 전하,
소신이 고의로 태만했었다면, 그건 소신의 어리석음   255
때문이었겠지요. 열심히 하느라고 했는데, 어리석은
짓이었다면, 그것은 소신이 태만하여 그 취지를
제대로 파악하지 못했기 때문이오며, 행하고 보니,
행하지 않았더라면 크게 비난을 받을 것이라는 사실을
알게 된 그런 일을 소신이 두려워했다면, 그것은 아무리   260
현명한 사람도 피할 수 없는 두려움입니다. 이런 것들은, 전하,
아무리 정직한 사람이라도 피할 수 없는 그런 약점들
이옵니다. 그런고로, 간청하옵니다, 전하,
소인에게 있는 그대로 말씀해 주시어, 소인의 잘못을 있는
그대로 보고 깨닫게 해주소서. 소인이 부인하는 일은 소인과는   265
무관한 일임을 헤아려 주시옵소서.

레온티스   그대도 보지 않았나, 카밀로 경?
(그렇게 확실한 일이니 그대도 보았겠지, 못 보았다면
그대의 눈깔은 오쟁이 진 남편의 뿔보다 더 삔 거야) 혹은 듣지
않았나? (그렇게 분명한 광경을 두고 소문이 잠잠할 리가 없으니
말이야) 혹은 생각해 보지도 않았나? (생각도 해보지 않았으면   270
사고력이 없는 것이지) 내 아내가 음탕하다고? 그대가
눈도 없고, 사람에게는 귀도 없고, 생각도 없다고
고백하면 모르되, 그렇지도 않으면서 그 사실을

뻔뻔스럽게 부정한다면, 어디 말해보게 내 아내가

275　발정한 암말 같은 여자라 혼례를 올리기도 전에

몸부터 허락하는 화냥년 소리를 들어도 좋을

여자라는 것을. 그렇다고 말을 하고 증명해

보란 말이야!

카밀로　왕비마마께 그런 모함을 하는 것을 듣고

280　당장에 복수를 하지 않고서는 소신은 가만히

듣고만 있을 수 없었을 것이옵니다. 당치도 않으신 말씀입니다.

이보다 더 전하의 체통에 어울리지 않는 말씀은 없사오니, 비록

그것이 사실이라고 하더라도, 그런 말씀을 입에 담는 것은 그

사실만큼이나 중죄일 것입니다.

레온티스　　　　　　　　　귓속말을 주고받는 데 아무것도 아니라고?

285　뺨을 서로 비벼대는 데도? 코와 코를 마주치는 데도?

입술 깊숙이 진한 키스를 하는 데도? 낄낄대고 웃다가 멈추고 한 숨을

쉬는 데도(불륜을 저질렀다는 틀림없는 증거인데)? 발 위에 발을 얹고

뒤엉켜 있는 데도? 후미진 구석으로만 숨어드는 데도? 시계 바늘이

빨리 가기만 바라는 데도? 시간이 분처럼? 한 낮이 한 밤중인 양?

290　그리고 자기네 눈만 빼고, 세상 사람들 눈이 모두 멀어서

사악한 짓을 보지 못하기를 바라는 데도? 이래도 아무것도 아니라고?

그렇다면 세상도 아무것도 아니고, 삼라만상도 아무것도 아니며,

창공을 덮고 있는 하늘도 아무것도 아니고, 보헤미아도 아무

것도 아니고, 내 아내도 아무것도 아닌 즉, 아무것도 아닌

295　이 모든 것들이 죄다 아무것도 아닌 것이 되는군, 이것이

아무것도 아니라면.

카밀로   선하신 전하, 그런 병든 억지는
거두어 주시옵소서. 당장에 거두어 주시옵소서,
그런 억지는 매우 위험한 것이옵니다.

레온티스   위험하지만, 사실이라네.

카밀로 아니옵니다, 아니에요, 전하.

레온티스   사실이야. 경이 거짓말이야, 경이 거짓말이라구.
거짓말은 자네라니까, 카밀로 경, 나는 그대가 밉네,   300
그대에게 분명히 말해 주지, 천박한 촌뜨기요 지각없는 종놈아.
그렇지 않다면 기회주의자야,
눈으로 선과 악을 구별하면서도
양쪽 다 기웃거리는. 만약에 내 아내의 일상이 병에 전염되었듯이
아내의 간덩이가 전염되어서 그러는 것이라면, 그 년의   305
목숨이 끊어지는 것도 시간문제지.

카밀로   누가 왕비마마께 병을 전염시켰나요?

레온티스 그야 왕비의 초상이 그려진 목걸이처럼 왕비를 자기 목에
걸고 있는 바로 그 놈, 보헤미아 왕이지. 만약에 나에게
충직한 신하들이 있어서, 자기네들의 몫들을 마치
자기네들의 이득인양, 내 명예를 맨 눈으로   310
지켜준다면, 더 이상의 부정한 행위가 일어나지
못하게 했을 것이다. 그래, 자네는 보헤미아 왕의
술시중을 들고 있으니, 내가 마련한 자리에 앉아
내가 얼마나 괴로운 지를 하늘이 땅을 보고,

땅이 하늘을 보듯이 분명하게 볼 수 있을

터이니 술잔에 독을 넣어 내 원수의 눈이

영원히 감기도록 해 주게나. 그렇게 해 주면

나에게는 위안이 될 것이야.

카밀로   전하,

소신은 분부대로 처리할 수도 있고, 극약을 쓰지 않고도,

서서히 약효가 나타나는 처방으로 독살한 것처럼

보이지 않게 할 수도 있사옵나이다.[5] 하오나 소신은

(그렇게 정숙하오신 왕비마마께서) 그런 부정한 행위를

저질렀으리라고는 도저히 믿을 수가 없사옵니다.

소신은 전하를 경애해 마지않사오나, ─

레온티스   아직도 의심하다니, 썩을 놈!

내가 그렇게 흐리멍덩하고 불안해서,

내 스스로 이런 번민에 빠져든 것으로 여기는가,

(잘 지키면 단잠을 제공하는 보금자리지만, 일단 얼룩이 지면

꼬챙이요, 뾰족한 가시이며, 쐐기풀이요 말벌의 독침이 되는)

내 새하얀 침상의 순결함이

(내가 분명한 내 혈육으로 여기고, 내 아들로 사랑해 마지않는)

내 아들, 동궁의 족보에까지 오명을 씌울 만큼

---

5. 극약을 쓰지 않고도, 서서히 약효가 나타나는 처방으로 독살한 것처럼 보이지 않게 할 수도 있사옵나이다: 당시의 첨단 화학이었던 연금술과 마찬가지로, 약학적인 분야에서도 상당한 수준의 약효를 보장하는 비방이 있었던 것으로 추정됨. 로렌스 신부가 줄리엣에게 당부하며 주었던 약물은 복용 후 72시간 동안 가사상태에 빠지게 하였다가 다시 깨어나는 약효를 가진 비방이었음.

그럴만한 충분한 동기도 없이? 내가 왜 이러겠는가?

사람이 그렇게 경우 없는 짓을 할 수 있는가?

카밀로   소신은 확실하게 믿습니다, 전하.

믿으므로, 소신이 보헤미아 왕을 제거해 드리겠습니다.

그 자가 제거되고 나면, 전하께서는 왕비마마를   335

처음 맞이하시는 것처럼 받아주시기만 하시옵소서.

동궁마마를 위해서도, 그리고 우방 여러 왕국들과

보헤미아 궁중에 퍼지게 될 풍문을 틀어막기 위해서도

그리하시는 것이 좋을 것이옵니다.

레온티스   그대가 나에게 충언을 고하는구나,

나도 그렇게 해야겠다고 여기던 바였으며,   340

내 절대 왕비의 명예에 오점을 남기지 않겠노라, 절대로.

카밀로 전하,

이제 가셔서, 연회에 어울리는 우정 어린 유쾌한 표정으로

보헤미아 왕과 왕비마마를 환대해 주세요. 소신은 술잔을

올리는 직책[6]이오니, 만약에 그 자가 소신이 올리는 술잔을   345

받아 마시고도 멀쩡하다면, 소신을 전하의 신하가 아니라고

여겨주소서.

레온티스   이제 다 준비되었다. 그렇게 실행하라, 그러면

그대는 내 마음의 절반을 차지하게 되겠지만, 그렇게 하지

---

6. 소신은 술잔을 올리는 직책: 카밀로는 레온티스를 최측근에서 보좌하는 신하로, 국
   빈 만찬에도 동석할 뿐만 아니라, 레온티스를 대신하여 상대방 왕에게 술잔을 올리
   는 봉사를 도맡았던 것으로 판단됨.

않으면, 스스로 파멸을 자초하는 것이다.

카밀로   그렇게 하겠사옵니다, 전하.

350 **레온티스** 나는 우정 어린 모습으로 환대해 주겠다, 자네가 내게 충고해

준 대로.   퇴장.

카밀로 오 불쌍하신 왕비마마! 하지만, 나로서는

어느 편에 서야 한단 말인가? 나는 훌륭하신 폴릭세너스

왕을 독살해야 할 처지이고, 그렇게 해야 하는 근거는

주군에 대한 복종 때문이다. 주군은 스스로 자신에게 반기를

355   들고, 신하들 모두에게도 반기를 들라고 하실 분이시다.

분부대로 거행하면 출세 길이 열리겠지. 신성한 군주들을

제거하고 그 대가로 부귀영화를 누린 경우를 수 천 번

보아왔지만 나는 절대로 그렇게 할 수 없다. 그러나

청동에도, 석판에도, 그리고 양피지에도 그런 경우가

360   새겨진 적이 없으니, 악한이라도 그런 짓은 하지

않을 거다. 나는 궁을 떠나야만 하겠구나. 분부를

거행하든 하지 않던, 내 목이 달아날 것은 확실하다.

행운의 성신이시어, 저를 지켜 주옵소서.

보헤미아 왕이 오시는군.

폴릭세너스 왕 등장.

폴릭세네스   이상하군. 나에 대한

365   환대가 여기서 뒤틀리기 시작하다니. 말도 안 해?

안녕하신가, 카밀로 경.

| 카밀로 | 인사 여쭙겠습니다, 전하! |

폴릭세네스 내전에 무슨 일이라도 있었는가?

카밀로 아무 일도 없었습니다, 전하.

폴릭세네스 전하께서 마치 중요한 영토라도 잃으신 것처럼, 그리고
자기 몸처럼 애지중지하던 지역이라도 잃으신 것처럼
안색이 변하셨다네. 방금 전에 내가 전하와 마주쳤을   370
때에도, 전하께서는 눈길을 돌리시고, 경멸에
찬 일그러진 입술을 하시고, 황망히 나를
피해 사라지셔서, 도대체 무슨 일로 저 분의
태도가 저렇게 바뀌셨을까 곰곰이 따져보던
터였네.   375

카밀로 소신은 감히 안다고 할 수 없답니다, 전하.

폴릭세네스 뭐라, 감히 안다고 할 수 없어? 알지만 감히 안다고 할 수 없다고?
나에게 좀 알려주게나. 대략 알 듯도 하오.
경이 알고 있는 일은 경 혼자만 알고 있는 일이니,
경이 감히 안다고 할 수도 없다고 말하겠지. 경애하는   380
카밀로 경, 경의 안색이 바뀌는 것을 보니 마치
거울을 보는 것처럼 내 안색도 바뀌고 마는 것을.
그렇다면 내가 이 뒤바뀐 분위기에 포함되어 있는
것이 틀림없군.

카밀로 이 세상에는 우리들 중 어떤 사람의
정신을 돌게 만드는 질병이 있사옵니다만,   385
소신은 그 질병의 이름을 알 수 없사온즉, 그 질병의

원인은 여전히 건강하신 전하이시옵니다.

폴릭세네스   내가 어떻게 질병의 원인이?

나는 쳐다보기만 해도 상대를 죽이는 바실리스크[7]가 아니오.

나는 이제껏 수천 명을 쳐다보았지만, 모두 내 눈길을

390   받고 더 좋아졌지, 아무도 죽지는 않았다오. 카밀로 경,

귀경이 신사임이 틀림없는 만큼, 우리 부모님들의

고귀한 명성들 못지않게, 그리고 부모님들의 뒤를

이어 우리가 신사가 된 것 못지않게 교육을 잘 받은

사람이오. 제발 부탁이니,

395   만약에 귀경께서 내가 알아야 할 것을 알고

계시면, 부디 나에게 알려 주시어 무지로 봉해

감금해 두지 마시오.

카밀로   소신은 답변을 드릴 수가 없사옵니다.

폴릭세네스   내가 그 질병의 원인인데, 나는 여태 멀쩡하다니?

내 반드시 대답을 들어야겠다. 내 말이 들리는가, 카밀로 경?

400   명예가 한 인간에게 부과한 모든 의무감에 두고

내가 그대에게 간청하는바, 내 간청은 결코 사소한 것이

아니니, 도대체 무슨 해악이 나를 향해 다가오고 있는지

얼마나 멀리에 있는지, 얼마나 가까이에 있는지,

막으려 들면, 막을 방도는 있는 것인지,

405   그렇지 않다면 어떻게 그 해악을 견뎌내야 하는 것인지

---

7. 바실리스크: 도마뱀 비슷하게 생긴 전설상의 괴사(怪蛇)로 그 흉측한 생김새로 한 차
례 눈만 마주치거나 입김만 쏘여도 사람이 죽었다고 함.

그대가 아는 대로 말해 주시오.

카밀로   전하, 말씀드리겠습니다.

소신이 명예로우신 분으로 생각하는 분께서

명예를 걸고 간청하시오니. 부디 소신이 아뢰는 말씀을

단단히 들으시되, 소신이 말하는 대로 신속하게

행동에 옮기셔야만 합니다. 그렇지 않으면 전하와   410

소신은 파멸이고, 영원히 끝장입니다.

폴릭세네스   계속하시오, 카밀로 경.

카밀로 소신은 전하를 살해하라는 그 분의 분부를 받았사옵니다.

폴릭세네스 누구요 그 분이, 카밀로 경?

카밀로   시실리아의 왕께서.

폴릭세네스   아니 무슨 이유로?

카밀로 그 분께서는 마치 눈으로 직접 목격하신 듯이, 그리고 전하께서

걸려드실 덫이라도 설치해 놓아두신 듯이, 부당하게도 전하께서   415

시실리아 왕의 왕비와 불륜을 저질렀다고 생각하시고, 아니, 확신을

가지고 단언하시고 계신답니다.

폴릭세네스   오, 내가 그런 불륜을 저질렀다면,

내 맑디맑은 피가 오염되어 걸쭉해 지고, 내 이름도 최고의 성인을

배반했던 자의 이름과 같은 멍에를 지게 하소서!

그리고 나의 순정무구한 명성의 향기도 악취로   420

변해 둔감한 코도 틀어막게 할 것이며, 내가

가까이 접근하는 것을 피하고, 이제껏 듣고

읽은 것 중에서 가장 고약한 전염병보다 더

고약한 증오를 받게 하소서!

카밀로　　　　　　　　　　　　하늘에 있는 별 하나하나에 두고,
그리고 그 모든 별들의 영향력에 두고, 그 분의 생각을 압도하는
맹세를 하시옵소서. 그렇게 하시더라도 그 분의 어리석은 오해의
근간을 맹세나 충언으로 털어낸다는 것은, 전하께서 바다에게
달의 영향을 받지 말라고 요구하는 것이나 마찬가지인즉,
그 어리석은 오해의 토대는 그 분의 신념 위에 차곡차곡
누적된 것인지라, 그 분의 육신이 살아 계신 한 계속될
것이옵니다.

폴릭세네스　　　어떻게 이런 일이 일어났단 말인가?

카밀로　소신도 모르옵니다만, 이미 그렇게 된 이상, 어떻게 그런 일이
일어났는가를 하문하시기보다는 그 일을 피하시는 것이 더 안전한
것으로 사료되옵니다. 그러니 만약에 전하께서 이 몸통에 담긴
소신의 진술함을 믿어주신다면, 그 담보로 오늘 밤 소신을
데리고 이곳에서 탈출하셔야합니다! 전하의 수행원들에게는
소신이 탈출 계획을 귀띔해주고, 두세 명씩 무리를 이루어
성채의 뒷문을 통해 이 도시를 빠져나가도록 하겠습니다.
소신은 이제부터 전하를 받드는 일에 제 운명을 걸겠사온즉,
이렇게 밝힌 이상, 이곳에서의 소신의 운명은 끝난
것이옵니다. 주저하지 마시옵소서,
소신의 양친의 명예에 걸고 말씀드리는 바, 소신의 말은 모두
진실이옵니다. 만약에 전하께서 그 진위를 확인해 보신다고
하셔도, 소신은 가만히 기다릴 수만은 없사옵고, 또 전하께서도

시실리아 왕으로부터 사형선고를 받고 처형될 운명에 놓인   445

죄인보다 더 안전하시지도 않으십니다.

폴릭세네스   나는 그대를 믿소.

나는 그의 얼굴에서 그의 마음을 읽었소. 경의 손을 주시고,

나의 길잡이가 되어 주오. 그대에게 항상 내 곁에서 일하는

직책을 주겠소. 내 배는 출항 준비를 마쳤고,

내 수행원들도 이틀 전부터 내가 이곳에서   450

떠나기만 고대하고 있소. 이 질투심은

고귀한 한 사람 때문인데, 그 분이 고귀한

만큼, 질투도 격렬할 수밖에. 그리고 그 분은

자신과 우정을 나누었던 사람에게서 모욕을

당했다고 여기시니 그 분의 복수심은 그만큼   455

더 가혹할 밖에. 공포심이 나를 엄습하는구나.

신속한 탈출이 내 친구가 되어주고, 아무 근거

없이 남편의 질투의 대상이 되신 인자하신

왕비에게 위안을 주소서! 자 카밀로 경,

나는 경을 내 아버지같이 존경할 것이요,   460

경이 내 목숨을 이곳에서 구해준다면. 어서

떠납시다.

카밀로 성의 모든 뒷문들의 열쇠는 소신의 손아귀에

있사옵니다. 전하 일각도 지체 없이 떠나십시다.

자 전하, 가시지요.   모두 퇴장. 465

2막

1장

레온티스의 궁궐

허마이오니 왕비, 마밀리어스 왕자, [그리고] 귀부인들 등장.

허마이어니　동궁 좀 데려 가거라, 성가시게 굴어서
　　　　　더 이상 못 참겠구나.

귀부인 1　　　　　　　동궁마마, 이리 오셔서,
　　　　　저와 함께 노실까요?

마밀리어스　　　　　　싫어. 너하곤 안 놀 테야.

귀부인 1　왜죠? 동궁마마?

5 　**마밀리어스**　너는 뽀뽀를 너무 세게 하고, 여전히 나를
　　　　　아기 다루듯 하니까. 난 네가 더 좋아.

귀부인 2　그건 또 왜죠, 동궁마마?

마밀리어스　　　　　　네 눈썹이
　　　　　더 검기 때문은 아니야, 그렇지만 검은 눈썹이
　　　　　더 잘 어울리는 여자들도 있다고 하고, 너무 숱이
10 　　　　많아서가 아니라, 펜으로 그린 반원형이나
　　　　　반달같이 생겼기 때문이지.[8]

---

8. 너무 숱이 많아서가 아니라, 펜으로 그린 반원형이나 반달같이 생겼기 때문이지: 여
　인들의 화장술 중에서도 눈썹을 그리는 화장이 가장 조롱의 대상이 되었음.

귀부인 2　　　　　　　　　　누가 그러던가요?

마밀리어스　여자들 얼굴을 보고 저절로 알게 된 거야. 그런데,
　　　　네 눈썹은 무슨 색깔이지?

귀부인 1　　　　　　　　　　　푸른색이요, 동궁마마.

마밀리어스　거 봐, 그거 가짜야. 내 귀부인들의 코가 푸른 색
　　　　인 건 봤어도, 푸른 눈썹은 본 적이 없거든.

귀부인 1　　　　　　　　　　　　　보세요, 동궁마마.　　　　　15
　　　　어머니이신 왕비마마의 배가 훨씬 불룩해 지셨지요. 저희들은
　　　　조만간 새로 태어나실 어여쁜 왕자님께 시중을
　　　　들게 될 텐데요, 그때 저희들과 어울리시게 되면,
　　　　저희들과 함께 노셔야 해요.

귀부인 2　　　　　　　　　　왕비마마의 배가 요사이
　　　　엄청나게 불룩해 지셨네요. 부디 순산하시기를!　　　　　20

허마이어니　너희들끼리 무슨 공모라도 하는 거냐? 이리 오세요, 동궁.
　　　　내가 다시 놀아 드릴게요. 자 내 옆에 앉으시고,
　　　　이야기 하나 해주세요.

마밀리어스　　　　　　즐거운 이야기로 할까요, 슬픈 이야기로 할까요?

허마이어니　즐거운 이야기로 해주세요.

마밀리어스　겨울엔 슬픈 이야기가 최고지요. 제가 아는　　　　　25
　　　　귀신과 요정이 나오는 이야기를 해 드릴게요.

허마이어니　　　　　　　　　그 이야기로 해주세요, 동궁.
　　　　자 이리 가까이 앉으세요. 이제 열심히 귀신과 요정이 나오는
　　　　이야기를 해서 저를 무섭게 해주세요. 동궁은 이야기를 참 잘 하

시니까요.

마밀리어스 옛날 옛적에 한 남자가 있었는데요.

허마이어니   잠깐, 이리 와서 앉아서 이야기 해주세요.

마밀리어스 교회 안 무덤 근처에 살고 있었는데요. 조용히 귓속말로 할게
요, 저 쪽에

있는 귀뚜라미처럼 재잘대는 여인네들[9]이 못 들게요.

허마이어니   자 그럼 이리 가까이 와서,
내 귀에다 대고 이야기 하세요.

앤티고너스, 대신들, 그리고 시종들을 거느리고 레온티스 왕 등장.

레온티스 거기서 그 자를 만났다고? 그 자의 일행들도? 카밀로까지 동행
했다고?

귀족 1 제가 그들과 마주친 곳은 소나무 숲 뒤편이었습니다. 그렇게 서둘러
돌아가는 모습을 본 적이 없습니다. 게다가 그들이 모두 승선하는
것까지 제 두 눈으로 확실히 보았습니다.

레온티스   내 의심이 모두 맞았구나!
우려했던 일이 일어난 거야! 차라리 몰랐다면 축복이었을 것을,
의심이 모두 적중하다니, 이 무슨 저주란 말인가! 독거미가
빠져 있는 술잔을 마시고도 독을 마신 줄 모른 채 그
자리를 뜰 수가 있다[10] (그 사실을 모르고 있기 때문에).

---

9. 귀뚜라미처럼 재잘대는 여인네들: 여인들이 모여서 재잘거리고 낄낄거리며 수다를
떠는 소리를 시끄럽게 울어대는 귀뚜라미 소리에 빗대었음.

10. 독거미가 빠져있는 술잔을 마시고도 독을 마신 채 그 자리를 뜰 수가 있다: 당시에

그러나 누가 그 징그러운 독거미를 그의 눈에 보여주고,
그가 독거미가 빠진 술잔을 마신 사실을 알게 되면,
그는 심한 구역질로 목구멍이 찢어지고, 옆구리가
터지게 될 것이다. 나도 이미 술잔을 마셨고, 그
독거미를 본 것이다. 카밀로가 이번 일을 도왔고,   45
그 자의 뚜쟁이 역을 한 것이다. 내 목숨과 왕관을
찬탈하려는 역모가 있다는 소문과 의심했던 음모들이
모두 사실로 드러났도다. 저 위선으로 가득 찬 악당을
내가 고용했건만, 그 놈은 훨씬 전부터 그 자의
앞잡이였어. 그 악당이 내 계획을 노출시켰으니,   50
나는 모든 이들의 조롱거리가 된 거야. 그래, 그 놈들이
마음껏 가지고 논 장난감이었던 거야. 어떻게 성채의
뒷문들이 그렇게 쉽게 열렸느냐?

대신 1   그 자의 막강한 권한 때문
이오며, 그자의 권한은 종종 전하의 어명만큼이나
강력한 것으로 여겨졌답니다.

레온티스   그랬겠지.   55
동궁을 내게 가까이. 왕비가 동궁에게 젖을 먹여 키우지
않아 다행이오. 동궁은 나와 닮기는 했지만, 그래도 동궁에게
왕비의 피가 너무 많이 섞였어.

허마이어니   무슨 말씀이세요? 농담이시죠?

는 술잔이나 음식에 독거미가 빠져있을 경우, 그 독거미를 발견하지 못하면 아무
일도 일어나지 않지만, 발견할 경우에는 즉시 독이 퍼져 죽는 것으로 믿었음.

레온티스 동궁을 안으로 모셔라. 동궁은 왕비 곁에 있게 해서는 아니 되니,

60   안으로 데려가라. 왕비는 뱃속의 아기와 놀면 된다.

왕비의 배를 부르게 한 자는 바로

폴릭세너스이니까.   [마밀리어스, 시녀 한 명과 퇴장.]

허마이어니   절대로 그렇지 않사옵니다.

소첩은 전하께서 제 말을 믿어주시리라고 확신하옵니다,

전하께서 어떤 비방을 들으셨더라도.

레온티스   제 경들이여,

65   저 여인을 보시오. 잘 뜯어보시란 말이오. 혹여

'눈부시게 아름다운 미인이십니다'라고 말하려고

할는지 모르겠지만, 제 경들의 마음속에 품고 있는

정의감은 그 말에 덧붙여 '정직함도 정숙함도 없으니 유감이군'

이라고 말 할 것이오. 저 여인의 겉모습만 보고선 저 여인을

70   칭찬하게 될 것이지만, (내가 보아도 과연 칭찬 받을 만하지만)

곧 바로 어깨를 으쓱하며, 비방이 사용하는 이런 사소한 낙인들에

─내가 틀렸군, 자비가 사용하는 낙인이라고 해야지, '흠' 또는

'하'라고 할 것이오. 비방은 미덕 자체에도 도장을 찍으려 들 테니

─이렇게 어깨를 으쓱하고, '흠'과 '하'하게 될 것이오, 경들이

75   '아름다운 미인'이라고 말하면, 그 다음 순간에 '정직한 여인'

이라고 말할 겨를도 없이. 그러나 알아 두시오,

그 일을 가장 비통하게 여기는 장본인이 하는 말이니,

이 여인은 간통녀요!¹¹

---

11. 이 여인은 간통녀요: 『햄릿』 1막 2장에서 클로디우스가 긴 어조로 선왕의 승하하

허마이어니   어떤 악마가 그렇게 말을 한다면

(이 세상에서 가장 흉악한 악마가 그렇게 말한다고 해도)

그 악마는 그렇게 말한 만큼 더 흉악한 악마일 것입니다. 전하,   80

전하께서는 잘못 알고 계시옵니다.

레온티스   당신이 잘못 안 것이오, 왕비,

레온티스를 폴릭세너스로. 오 너 같은 년―

왕비의 지위에 있는 당신을 차마 그렇게 부를 수가 없구나,

혹여 무지랭이들이 나를 본떠서 모든 왕족들에게 똑같은

말로 욕설을 퍼부어 왕과 거지를 구분 지어주는 예의범절마저   85

없어지게 해서는 아니 되니까. 나는 분명히 말했다.

이 여인은 간통녀라고. 그리고 누구와 간통을 했는지도.

더구나 이 여인은 반역자고, 카밀로가

이 여인과 공범자이며, 그는 이 여인 자신도 알면 스스로

부끄러워 할 일을 다 알고 있다.   90

이 여인이 극악무도한 주범이고, 신성한 잠자리에

외간 남자를 끌어들인 장본인이며, 심지어 천민들이

야비한 이름으로 불러 대는 그런 화냥년이라는 사실을. 그래,

최근에 있었던 그 놈들의 탈출에도 몰래

관여했어.

심을 애도한 후, 끝부분에서 국정을 위해 형수를 왕비로 맞이하였다고 선포한 것처럼, 레온티스도 64행부터 이어진 대사에서, 긴 어조로 허마이온 왕비를 비방하고 한 후 끝부분에서 그녀가 간통녀라고 만천하에 선포해 버림으로써 극적 긴장감을 제고하고 있음.

95	**허마이어니**	아닙니다. 제 목숨을 걸고,

절대로 이 일에 몰래 관여하지 않았습니다. 전하께서 더 확실하게

자초지종을 파악하게 되시오면, 전하께서 공개적으로 소첩을

모욕하신 것을 크게 후회하시게 될 것이옵니다! 자애로우신 전하,

그 때는 전하께서 오해였다고 말씀하셔도 소첩의 명예를 바로

잡으시지 못하실 것이옵니다.

100	**레온티스**	아니다. 만약 내가 잘못된

근거를 바탕으로 오해를 하는 것이라면,

이 우주의 중심이 학동들의 모자 하나

지탱할 만큼 크지도 않을 것이다. 저 여인을 하옥하라!

이 여인을 두둔하는 자는 그 말 한마디로 이 여인과 똑같은

죄를 진 것으로 될 것이다.

105	**허마이어니**	어떤 병마가 긴 별의 기운이 승하는 가보다.

그렇다면 하늘이 더 호의적인 모습을 보일 때까지

내가 참는 수밖에 없지. 제 경들이여,

이런 꼴을 당하면 우리 여성들은 보통 울게 마련이지만,

저는 울지 않겠습니다. 헛되이 눈물마저 흘리지 않으면

아마도 제 경들의 동정심까지 마르게 하겠지만, 그래도

저는 눈물로도 끌 수 없을 정도로 활활 타오르는 명예로운

슬픔을 품고 있습니다. 여러분 모두에게 간청하오니, 제 경들,

자비심이 여러분들을 최선의 방향으로 인도하는 만큼

분별력을 가지시고 저를 평가해 주시기 바랍니다. 자 그럼

어명에 따르도록 하겠습니다.

레온티스   웬 잔소리냐?

허마이어니 누가 나와 함께 가겠느냐? 전하께 간청 드리오니,

소첩의 시녀들을 데리고 가게 해 주시옵소서. 보시다시피,

소첩의 처지가 그렇사옵니다. 울지 마라, 바보들아,

울 이유가 없느니라. 너희 상전께서 투옥될만한 죄를

지었다는 것이 밝혀지면, 그 때는 내가 형장으로 끌려갈 때,   120

실컷 울도록 해라. 지금 내가 겪게 된 이 시련은 나의 결백을

더 명백하게 밝히기 위함이야. 작별을 고합니다, 전하.

소첩은 전하께서 후회하시기를 바란 적이 결코 없사오나,

지금은 전하께서 후회하실 줄로 믿습니다. 여봐라, 가자. 윤허하셨다.

레온티스 끌어내어, 명령대로 거행하라, 어서!   125

[호위를 받으며 왕비, 시녀들과 함께 퇴장.]

대신 1 간청드리옵니다, 전하, 왕비마마를 다시 부르시옵소서.

앤티고 통촉하여 주시옵소서, 전하, 전하의 판결이

폭정으로 밝혀져, 전하와 왕비마마, 그리고 동궁마마

세 분께서 화를 입으셔서는 아니 될 것이 온 즉.

대신 1   왕비마마를 위해서, 전하,

소신은 목숨을 걸고 감히 아뢰겠사오니, 부디 가납하여 주시   130

옵소서. 왕비마마께서는 하늘에 두고 절대로

결백하시옵니다. 전하께서 왕비마마를 탓하신

바로 그 일에 관해서요.

앤티고   만약 왕비마마께서

결백하시지 않다고 밝혀진다면, 소신은 마구간에다 소신의 내자를

가두어 놓고, 늘 붙어 다니면서 소신이 직접 내자를 보고 만지고 하지 않고는 내자를 절대로 믿지 않겠사옵니다.

만약에 왕비마마께서 간통을 저지르셨다면, 이 세상 여인들이 모두 간통녀일 것입니다. 여인네들의 육신의 모든 살점들이 전부 부정한 것이란 말씀입니다.

레온티스   닥쳐라.

대신 1   전하, —

앤티고 소신들을 위해서가 아니라 전하를 위해서 아뢰는 것이옵니다. 전하께서는 속고 계십니다. 그것도 저주를 받아 마땅한 어느 선동자에게요. 그 악당을 소신이 알기만 한다면, 제가 직접 그 놈을 처치해 버리겠습니다. 왕비마마께서 불륜을 저질렀다면, 소신에게는 세 딸이 있사오며, 큰 딸은 열 한 살이고, 둘째와 셋째 딸은 아홉 살과 다섯 살이온 데, 만약 그 일이 사실로 밝혀진다면, 소신의 세 딸들이 그 죄 값을 치르게 하겠사옵니다. 소신의 명예를 걸고 말씀드리거니와 소신은 세 딸들을 모두 석녀로 만들어, 열네 살이 되어도 부정한 자손을 낳지 못하게 하겠사옵니다. 소신의 세 딸들은 저와 공동 상속녀들이오니, 세 딸들이 부정한 자손을

못 낳게 되면 소신은 스스로 후사를 잘라 버리는 것이랍니다.

레온티스   그만해라.

경은 죽은 사람의 코처럼 둔감한 후각[12]으로 이 사건의 냄새를

---

12. 후각: 사건의 전모를 염탐하는 상황에서 셰익스피어가 즐겨 사용하던 감각이 바로 후각임.

말고 있지만, 나는 경이 그렇게 하는 것을 느끼는 것처럼
이 사건을 명확하게 보고 느끼고 있다. 내 손으로
만지면서 보고 있노라.

앤티고   그러시다면,
정직한 사람의 무덤은 필요가 없습니다. 이 오물투성이의   155
지구 표면을 깨끗하게 씻어 줄 정절의 부스러기조차 없을
테니까요.

레온티스   뭐야? 내 말을 못 믿겠단 말이냐?

대신 1 이 일에 관해서는, 전하, 소신의 말보다 전하의 말씀이 더 믿을 수
없는 말씀이면 좋겠습니다. 그리고 전하의 의심보다 왕비마마의
정숙함이 진실로 밝혀진다면 소신은 더 기쁘겠습니다. 그로 인해   160
전하께서 어떤 비난을 받으신다고 해도요.

레온티스   도대체, 과인이 이 일과
관련해서 경들과 상의해서 무슨 소용이 있겠는가? 다만 과인의
확고한 동기가 있어서 그러는 것인데? 과인의 특권으로 경들의
충고는 필요치 않으나, 과인의 천성이 착해서 이 일을 알렸을
뿐이야. 이와 관련하여, 경들이 혹여 지각을 잃은 것인지,   165
아니면 약아서 그런 체하는 것인지, 과인처럼 진실을 인식할
수도 없거나 또는 인식하지도 않을 것이라면, 분명히 경들에게
알려주겠다. 과인은 경들의 충고가 더 이상 필요치 않다고.
이 문제와 관해서 그 득실과 처리 모두 전적으로 과인이
책임질 것이오.

앤티고   그러시오면 바라옵건데, 전하,   170

이 일을 전하의 속마음으로만 판단하시고,

더 이상 공개하지는 마시옵소서.

레온티스   어떻게 그럴 수가 있느냐?

네 놈은 심각한 노망이 들었거나,

아니면 네 놈은 타고난 바보로구나. 카밀로는 도망쳤고,

게다가 그 두 년놈들은 공공연하게 친밀함을 과시했으니,

(그 일은 육안으로 직접 목격하지만 못했을 뿐 정황상

확실하고, 불륜의 현장을 보지만 못했지 증거가 충분하니)

이렇게 처리하지 않을 수 없다.

그러나 좀 더 확실하게하기 위해

(이렇게 중차대한 일을 경솔하게 다루었다가는

엄청난 화를 부르는 법인지라), 나는 신성한

델포스에 있는 아폴로 신전[13]에 클레오메네스 경과

디온 경을 급파하였으며, 그 두 사람은 경들도

알다시피 충분한 자질을 갖추었으니,

이제 모든 것을 밝혀줄 신탁을 받아올 것이다.

그 신탁을 받아 보고 나의 진퇴를 결정할 것이야.

잘한 일이지?

대신 1 잘 하셨습니다, 전하.

레온티스 비록 내가 확신하는 바, 내가 알고 있는 것보다

---

13. 신성한 델포스에 있는 아폴로 신전: 신성한 아폴로 신이 탄생한 장소는 고대 델로
스인데, 르네상스 시대에 델포스로 알려져 널리 쓰임. 셰익스피어도 동시대 작가들
처럼 당시 널리 통용되었던 델포스라는 지명을 고증 없이 사용한 것으로 추정됨.

더 알 필요도 없지만, 신탁이라면 다른 모두를 190
안심시켜 줄 것이다. 무지몽매하여 도무지 진실을
파악하려 들지 않는 바로 저 놈과 같은 사람들까지.
그래서 과인은 왕비가 과인에게 함부로 접근하지
못하도록 가두어 놓는 것이 좋겠다고 생각한 것이다.
도망친 두 놈이 꾸몄던 역모를 왕비로 하여금 195
실행하게 해서는 아니 될 터이니. 자 과인을 따르라.
과인은 널리 공포할 것이니라. 이 일은 우리 모두를
분기하게 만들 것이니.

앤티고 [방백]   조롱하겠지요, 제가 보기엔,

진실이 온전히 밝혀진다면.   일동 퇴장.

2장

감옥

폴리나, 신사, [그리고 시종들] 등장.

폴리나 옥리를 불러서 그에게

내가 누구인지 알려주세요. 왕비마마,

유럽의 어느 궁전도 부족하실 왕비마마건만,

어쩌다가 감옥에 갇혀 고생이시람?

옥리 등장

이봐요, 옥리,

내가 누군지 알겠지, 그렇지 않느냐?

5   **옥리**   훌륭하신 마마님이시고,

소인이 존경하옵는 분이시지요.

폴리나   그럼 제발,

나를 왕비마마께로 안내해 주시게.

옥리   그건 곤란합니다, 마마님.

그렇게 하지 말라는 엄명을 받았답니다.

폴리나 대단한 소동이군,

10   정숙하고 결백한 왕비마마를 감금하고

지체 높은 면회자마저 접근을 금지하다니. 끔찍한 일이야, 제발,

왕비마마의 시종이라도 만나게 해주겠나? 누구라도? 에밀리아라도?

옥리   그러시면, 마마님, 부디

데려오신 시종들을 물러나 있게 해 주세요. 소인이

에밀리아를 불러다 드립지요.

폴리나   당장 에밀리아를 불러 주게.   15

너희들은 물러나 있거라.   [신사 및 시종들 모두 퇴장]

옥리   그리고, 마마님,

면회하시는 동안 소인이 반드시 입회를 해야 한답니다.

폴리나 그래야 한다면 부디 그렇게 하시게.   [옥리 퇴장]

오점 하나 없는 곳에 오점을 찍으려 하다니 대단한 소동이군,

오점으로 염색이라도 하려는 건지.

에밀리아와 함께 옥리 등장.

이보게, 에밀리아,   20

우리 왕비마마께서는 어찌 지내시는가?

에밀리아   그렇게 지체 높으신 분이 그렇게 버림을 받으셨으면서도,

그럭저럭 잘 지내시고 계십니다. 다만, 놀라움과 슬픔으로 인해

(인자하신 마마님께서 여태껏 잘 견디어 오셨사오나)

마마께서는 예정일보다 일찍 출산하셨답니다.   25

폴리나 왕자님이시더냐?

에밀리아   공주님이십니다. 아주 귀여운 아기마마시고,

활기차고, 건강하답니다. 왕비마마께서는 원기 왕성한

공주마마를 보시고 큰 위안을 되찾으셨으며, '내 불쌍한 죄수,
이 어미도 너처럼 결백하단다.'라고 말씀하셨답니다.

폴리나   당연하지.

전하의 이 위험하고 불안한 정신 나간 처사들에 저주나 내려라!
전하께서 반드시 이 소식을 들으셔야 하며, 내 꼭 알리도록
하겠네. 이런 일에는 여자가 적격이지. 내가 직접 전해드리도록
하겠네. 만약 내가 꿀 발린 아첨을 한다면, 내 혀에 물집이
잡혀서, 다시는 내 열화와 같은 분노를 토해내는 나팔수 역할을
못하게 하겠어. 제발, 에밀리아, 내 최선을 다해서 왕비마마께
충성을 바치겠노라고 전해주시게. 만약 왕비마마께서 나를
신뢰하시어 공주마마를 내게 맡겨만 주신다면, 내 직접
공주마마를 전하께 보여드리고, 목청껏 왕비마마를 변호해
드리겠노라고. 전하께서 공주마마를 보시고 얼마나 마음이
누그러질지는 아무도 모르는 일이지만, 말이 먹혀들지
않을 경우에는 천진난만한 침묵이 종종 더 강한 설득력을
가질 수도 있으니.

에밀리아   지체 높으신 마마님,
마마님의 명예와 후덕하심은 널리 알려져 있어서,
마마님께서 직접 후의를 베푸신 다면 반드시 결실을
보실 것입니다. 세상 천지에 이렇게 중차대한 임무를
감당하실 분은 마님 말고는 없답니다. 지체 높으신
마님, 잠시 옆방에서 기다려 주시면, 소녀가 즉시
마님의 훌륭한 제안을 왕비마마께 아뢰겠사옵니다.

왕비마마께서도 오늘 바로 그런 생각을 하셨사오나,
혹시라도 거절당하실까봐 지체 높으신 어떤 분에게도   50
부탁드리지 않으셨사옵니다.

폴리나   왕비마마께 말씀드리게, 에밀리아,
내 혀를 활용해 보겠노라고. 만약 가슴에서 용기가 솟아나듯,
내 혀에서 지혜가 솟아난다면, 내가 도움이 될 것은
의심의 여지가 없다고.

에밀리아   부디 그 뜻을 성취하시기를!
소녀는 왕비마마께 가겠습니다. 마마님, 이리 좀 가까이 오세요. 55

옥리 마님, 만약 왕비마마께서 공주아기씨를 내어드린다고 하시면,
아무런 영장도 없이 그렇게 했다고 소인에게 무슨 벌이
내릴지 모르겠사옵니다.

폴리나   그 점은 염려하지 마시오, 옥리.
공주아기씨는 태속에 갇혀있었다가, 대자연의 법과
절차에 따라 풀려나 자유를 찾게 된 것인즉,   60
전하의 노여움과도 무관하고, 왕비마마의 죄
(설사 왕비마마께 어떤 죄가 있다고 하더라도)와도
무관한 것이오.

옥리 여부가 있겠사옵니까.

폴리나 염려할 것 없소. 내 명예를 걸고, 옥리와   65
위험 사이에 서서 옥리를 지켜 드릴 테니.   일동 퇴장.

3장

레온티스의 궁궐

레온티스의 모습이 드러난다.

레온티스 밤이고, 낮이고, 정신을 차릴 수가 없구나. 그만한
일을 감내하지 못하는 것은 마음이 쇠약한 탓이지.
만약에 이 일의 원인만 제거해 버린다면, 그 원인의
한쪽인 왕비, 그 년은 간통녀고, 저 음탕한
5 보헤미아 왕은 이미 내 손아귀에서 벗어나 내
지혜로는 어쩔 수 없을 만큼 사정거리를 벗어난
과녁이니, 대책이 없구나. 그러나 왕비는 아직 내
손아귀에 있지. 그 년을 화형에 처해 죽여 버린다면,
내 마음의 안식이 다시 찾아오련만. [시종 등장] 누구냐?

시종   국왕전하!

레온티스 왕자마마는 어떠하시냐?

10 **시종**   왕자마마께서 밤새 푹 주무셨사온즉,
왕자마마님의 병환도 다 나은 듯하옵니다.

레온티스 제 어미의 불륜을 눈치 채다니,
과연 고귀한 핏줄이로다! 곧 바로 쇠약해지고, 의기소침해서,
그 일을 숙고할수록, 자신에게 고착된 수치로 여겨,

기백도 잃고, 식욕도 전폐하고, 불면의 밤을 지세며,   ₁₅
눈에 띄게 쇠약해진 거야. 그만 물러가도록 해라. 가서,
동궁의 상태를 알아 보거라. [시종 퇴장] 에잇, 동궁 생각은 접어두자.
그런 식으로 복수를 하자니, 오히려
움츠려 들게 되는구나. 그 놈은 막강하고,
패거리도 있고, 동맹국도 있어. 그러니 기회가 무르익을   20
때까지 그 놈은 내버려 둘 수밖에. 지금 당장의 복수는
왕비를 족치는 거다. 카밀로와 폴릭세너스 왕 모두
나를 비웃고 있겠지. 나의 슬픔을 보고 조소를 지을 거야.
그러나 내 그 놈들을 잡아다가 족친다면 비웃음은
자취를 감출 테고, 왕비도 내 수중에 있는 한   25
웃게 놔두지 않을 테다.

            폴리나, [갓난아기를 안은 채, 제지하는 안티고너스, 귀족들,
                 그리고 시종들과 함께] 등장

귀족   절대로 들어가실 수 없습니다.
폴리나 아니 그렇게 막아서지 마시고, 저를 성원해 주세요.
        여러분들은 왕비마마의 목숨보다, 전하의 포악한 역정이
        더 두려우세요? 전하의 질투로 얼룩졌지만, 더 없이 순결하고
        무고하신 자애로우신 왕비마마이시랍니다.
안티고   그만 하세요.   30
하인 마님, 전하께서 한 잠도 못 주무셔서, 아무도
      들여보내지 말라고 하셨습니다.

폴리나   흥분하지 마세요.

전하께서 편안한 잠을 주무시게 해드리려고 제가 온 거예요.

전하 곁을 그림자처럼 붙어 다니면서, 전하께서 쓸데없는

35 역정을 내실 때마다 한숨만 내쉬니까 오히려 전하의

잠을 주무시지 못하게 만드는 당신들이에요. 나는

진실 되고, 솔직한 보약이 되는 말로 잠을 이루지 못하게

전하의 심기를 짓누르고 있는 기분을 말끔하게

씻어 드리려고 직접 온 거예요.

레온티스   여봐라, 웬 소동이냐?

40 **폴리나** 전하, 소동이 아니옵고, 전하를 위해서 세례부모에

관해 꼭 필요한 상의를 드리고자 온 것입니다.

레온티스   감히!

저 무례한 여인을 당장 끌어내라! 안티고너스,

내 그대에게 저 여인이 내 근처에 얼씬거리지 못하게 하라고

일렀거늘. 내 이럴 줄 알았지.

안티고   저 여인에게 그렇게 전했답니다, 전하.

45 전하의 진노만 부를 뿐이고, 나도 화가 날 뿐이니, 전하를 알현하는

일은 절대로 불가하다고요.

레온티스   뭐야! 내자조차 휘어잡지 못하느냐?

폴리나 부정한 짓은 하지 못하게 휘어잡을 수는 있사오나, 이 일에 관해서는―

제 남편이 전하가 처리하신 그대로 따라,

정직한 행실을 이유로 신첩을 투옥하지 않는 한―진정코 제 남편은

신첩을 휘어잡지 못할 것이옵니다.

안티고　　　　　　　　　　　　　　이제 들으셔서, 전하 아시겠지요.　　50

고삐를 쥐겠다고 나서면, 소신은 그저 달리도록 놔둘 수밖에 없

답니다.

넘어지지도 않는답니다.

폴리나　　　　　　　　　　　자애로우신 전하, 신첩이 왔으니, −

부디 신첩의 말을 들어주세요. 신첩은 전하의 충실한 신하이자,

전하의 주치의이며, 전하께 가장 복종하는 법률 고문이지만,

전하의 만행을 부추기는 일은, 전하의 대부분의 신하들보다도　　55

덜 그렇게 할 것임을 감히 말씀드리옵니다. −아뢰옵니다, 신첩은

전하의 정숙하신 왕비마마 일로 왔습니다.

레온티스　　　　　　　　　　　　정숙하신 왕비마마!

폴리나 정숙하신 왕비마마이시지요, 전하, 정숙하신 왕비마마요. 신첩은

정숙하신

왕비마마라고 말씀드리고, 결투하고 해서 왕비마마의 정숙하심을

증명하겠사　　　　　　　　　　　　　　　　60

옵니다. 신첩이 전하 주변에 있는 약해빠진 남자라고 해도요.

레온티스　　　　　　　　　　　　　저 여인을 끌어내라.

폴리나 자기 눈을 하찮게 여기는 자로 하여금 제일 먼저 신첩에게 손을

대게 할 것인즉, 저는 제 스스로 물러갈 것이옵니다. 그러나 우선,

신첩이 맡은

임무를 수행하겠사옵니다. 정숙하신 왕비마마께서(진정코 정숙하

신 분이시니까요)

전하의 공주님을 생산하시었으며, 여기 있사옵니다. [아기를 내려놓으며]　65

부디 전하께서 축복해 전하께서 축복해 주시옵소서.

레온티스   물러가라!

사내보다도 더 억센 마녀야! 저 여인을 끌어내라, 문 밖으로.

교활하기 짝이 없는 뚜쟁이구나!

폴리나   그렇지 않사옵니다.

신첩을 그렇게 부르시는 전하만큼이나 신첩도 이 일에

70   관하여 아는 것이 없사옵고, 전하께서 실성하신 것 못지

않게 정직하온 즉, 그것만으로도 충분하오니, 신첩은 세상

사람들에게 정직한 여인으로 통할 것임을 장담합니다.

레온티스   역적 놈들아!

저 여인을 끌어내지 못하겠느냐? 이 노망 든 놈아, 저 여인에게

그 사생아를 돌려줘! 네 놈은 이 암탉마마에게 쪼여서 횃대에서

75   밀려난 공처가야! 그 사생아를 안아라, 어서 안으라니까.

사생아를 네 쭈그렁 할망구에게 돌려주란 말이야.

폴리나   영원히

당신의 손은 존경받지 못할 것입니다, 만약 당신이

전하께서 강제로 뒤집어씌우신 억울한 오명으로 얼룩진

공주마마를 안으신다면!

레온티스   저 놈은 제 아내를 무서워하는군.

80 **폴리나** 전하께서도 그러시길 바랍니다. 그러시면 모든 의심을 거두시고,

전하의 아기를 전하의 소생이라고 부르실 테니까요.

레온티스   역적 집안이로다!

앤티고 소신은 아니옵니다, 이 대명천지에 두고 맹세코.

폴리나   신첩도 아니옵고,

여기 모인 사람들 중에서 단 한 사람만 빼고는 누구도 아니옵니다.

그 한사람은 바로 전하 자신이옵니다. 전하께서는 자신과 왕비마마,

그리고 동궁마마와 자신의 아기씨의 신성한 명예를 중상모략에 내   85

쳐 버리셨는바, 중상모략의 독침은 칼날보다도 더 날카롭답니다.

게다가 전하께서는 (지금과 같은 상황이라 아무도 전하의 오해를

풀어드리려 하지 않아서 저주스럽습니다만) 전하의 썩은 의심의

뿌리를 도무지 도려내려고 하지 않으십니다. 썩었다는 사실은

참나무나 돌덩이처럼 확실한 데도요.

레온티스   혓바닥만 나불거리는 추잡한   90

할망구야, 방금 전에 제 남편을 때려잡더니,

이제 나를 물어뜯는 거냐? 얘는 내 아기가 아니라,

폴릭세너스의 핏줄이야.

썩 데리고 나가서, 그 어미와 함께

불 속에 쳐 넣어라!

폴리나   전하의 아기옵니다.   95

그리고 옛 속담을 전하의 경우에 적용해도 된다면,

전하를 쏙 빼 닮아서 더 불행하답니다. 보세요, 대신 여러분,

비록 판은 작지만, 전체적인 인상이며 생김새가 아버지의

복사판입니다. 눈이며, 코며, 입술도 닮았고,

그리고 찡그리는 표정까지 아버지의 얼굴이지요. 인중이며,   100

뺨에 난 보조개와 턱, 그리고 미소 짓는 모습도 닮았어요. 한 틀로

찍어낸 듯한 손과 손톱, 그리고 손가락도요. 그러니 이 아기를

잉태시킨 남자와 이렇게 똑 같이 빚어내신 그대 자애로우신 자연의

여신이시여, 만약 여신께서 사람의 마음까지 뜻대로 하실 수가

　있다면,

105 　모든 색깔 중 (질투의) 노란색은 이 아기에게 접지하지 말아주세요.

전하가 그러시듯 자기 아기를 두고 그 아이 엄마의 남편의 아기

　가 아니라고

의심받아서는 아니 될 터이니.

레온티스 　　　　　　　　　　고약한 노파로다!

그리고 이 등신아, 너는 교수형 감이야,

저 할망구의 주둥아리 하나 다스리지 못하니.

앤티고 　　　　　　　　　　　　그런 일을 못한다고

110 　세상의 모든 남편들을 교수형에 처하신다면 전하의 주변에는 한 명의

신하도 남아있지 못할 것이옵니다.

레온티스 　　　　　　　한 번 더 명령한다. 저 여인을 끌어내라

폴리나 아무리 부덕하고 천륜을 모르는 왕도

이보다 더 할 수는 없습니다.

레온티스 　　　　　　　　　내 너를 화형에 처할 것이다.

폴리나 　　　　　　　　　　　　마음대로 하세요.

불속에서 타죽는 여인이 아니라,

115 　그 불을 붙이는 사람이 이단자일 터이니. 신첩은 전하를 폭군이라

부르지 않겠사옵니다만 이 정도로 잔혹하게 전하의 왕비마마를

학대하시니―전하 혼자만의 망상 말고는 적당한 죄명조차

내놓을 수 없으면서―다소 폭군의 기미가 보이고, 전하는

비열한 인간이 될 것입니다. 그래요, 이 세상 모든 사람들에게
수치지요.

레온티스   신종의무에 두고, 이 여인을 밖으로 끌어내라!   120
만약 내가 폭군이라면, 이 여인의 목숨은 어디에 있겠느냐?
만약 이 여인이 나를 폭군으로 알고 있었다면, 감히 나를
그렇게 부르지는 못했을 것이다. 이 여인을 끌어내라!

폴리나   제발 저를 떠밀지 마세요. 내 발로 나갈 터이니.
전하의 아기를 주의 깊게 보아 주세요, 전하의 혈육입니다.   125
조브 신이시어, 이 아기에게 더 훌륭한 수호정령을 보내 주소서!
왜 이렇게 밀어대느냐? 대신 여러분도 전하의 어리석은 처사에
미온적이기만 하시니, 아무도 전하께 도움이 되지 않아요. 어느
한 사람도요. 자 그럼 작별을 고합니다. 우리는 물러갑니다.   *퇴장.*

레온티스   이 역적놈아, 네 마누라에게 이렇게 하라고 네 놈이 시킨 거렸다.   130
내 아기라고? 그 애를 데리고 나가라! 그 애에게 그렇게
상냥하게 구는 네 놈이 직접 그 애를 데리고 나가서
즉각 불에 태워버리란 말이야.
네 놈이 해, 네 놈 말고는 아무도 안 된다. 그 애를 당장 안아라.
한 시간 이내에 임무 완수를 나에게 보고하고,   135
확실한 증거도 가지고 와라. 그렇지 않으면 내가 네 놈을 처형할
것이야, 네 놈의 가족들도 모두 함께. 만약 네 놈이 거역하여,
내 분노를 사고 싶으면, 그렇다고 말해라.
내 두 손으로 직접 그 사생아의 머리를
박살내 줄 테다. 가서 그 사생아를 불 속에 처넣어라.   140

네 놈이 네 마누라를 부추겼으니.

앤티고　　　　　　　　　　소신이 부추긴 것이 아닙니다, 전하.

여기 계신 여러 대신들이, 기꺼이 소신의

혐의를 벗겨 줄 것이옵니다.

대신들　　　　　　　　　그렇사옵니다, 전하.

부인이 여기에 온 것은 그의 잘못이 아니옵니다.

145　**레온티스**　네 놈들 모두 거짓말쟁이야.

　　대신 1　간청하옵니다, 전하, 소신들을 좀 더 믿어주시옵소서. 소신들은

항상 전하께 진심으로 보필하여 왔사오니, 부디 전하께서도

소신들의 충정을 인정해 주시옵소서. 무릎을 꿇고 탄원 드리오니

(과거에도 그랬고, 앞으로도 한결같을 소신들의 지극한 보필에 대한

150　보상으로) 전하의 어명의 내용을 바꾸어 주소서. 그 어명은 너무도

끔찍하고, 너무도 잔혹해서 어떤 화를 부를 것이 명약관하 하옵니다.

무릎 꿇고 이렇게 비옵니다.

　　레온티스　나는 바람이 불 때마다 흔들리는 깃털이로다.

내가 이 사생아가 무릎을 꿇고 나를 아버지라고 부르는 꼴을

155　보려고 살아야 한단 말이냐? 그 때 가서 그 꼴에 저주를 퍼

붙느니 차라리 지금 불 태워 버리는 편이 낫다. 그러나 그 애를

살려줘라. 그 애를 죽이지는 않겠다. 귀 경은 이리 오시오.

경은 욕쟁이 마누라, 경의 수다쟁이 마누라와 함께

이 아기의 목숨을 구하려고, 이 애에게 그렇게 상냥하게

160　굴었으니―이 수염이 희끗희끗한 것만큼이나 이 아기가

사생아라는 것은 확실하다만―이 핏덩이의 목숨을 구하기

위해서 무슨 모험을 하겠다는 것이냐?

앤티고   무슨 일이라도요, 전하,

소신의 능력이 닿는 한, 그리고 고귀하신 분이 시키시는 일이라면
적어도 이 정도까지 하겠습니다. 소신은 아무 죄 없는 이 아기를
구하기 위해 소신에게 남아 있는 한 방울의 피까지도 저당 잡히   165
겠사옵니다. 가능한 어떤 일이라도요.

레온티스 그야 가능한 일이지. 이 검에 두고 맹세하라.

내 명을 시행하겠노라고.

앤티고   맹세하겠습니다, 전하.

레온티스 잘 듣고 그대로 시행하여야 한다, 알겠느냐? 지시한 내용을
조금이라도 어길 경우, 네 놈은 물론이고, 네 놈의 수다쟁이   170
마누라까지 처형될 것이야(방금 전에 과인이 용서해 주었다만).
과인은 그대에게 명하노라. 그대는 과인의 충직한 신하인 만큼,
그대가 직접 이 사생아 계집애를 안고 나가서, 과인의 영토
밖 어디고 먼 황야로 데려가라. 그리고 그 곳에 이 사생아를
버려두어 (더 이상의 자비도 베풀지 말고) 혼자의 힘으로   175
비바람을 견디게 하라. 해괴한 운명에 의해 과인과
엮이게 된 사생아인 만큼, 나도 그에 합당한 명령을
그대에게 내리는 바, 지시한 대로 시행하지 않을 경우,
그대의 영혼은 파멸을 당하고, 그대의 육신은 고초를
겪을 것인 즉, 이 사생아를 어디고 낯선 곳에 버려서,   180
살든 죽든 팔자소관이 되게 하라. 어서 그 사생아를
안아라.

앤티고 소신 맹세코 분부대로 시행하겠나이다, 차라리 당장 사형에
처해지는 편이 더 자비인 듯하지만. 이리 오세요, 불쌍한

185 아기씨. 강력한 정령이여 솔개와 까마귀가 그대의 유모가 되어
주라고 지시해 주옵소서! 늑대 무리와 곰들도 본래의 잔혹성을
버리고, 동정심의 호의를 베풀기도 한다고들 합니다.
전하, 이런 처사로 누리실 수 있는 것보다 더 큰 번영을
누리시옵소서. 그리고 신의 은총이 파멸의 운명에 처하신

190 불쌍한 아기씨의 편에 서서 이 잔혹한 처사에 맞서 싸워
주소서.   퇴장 [아기와 함께]

레온티스   아니다. 나는 절대로 남의 핏줄을
기를 수는 없다.

시종 한 명 등장.

시종   아뢰옵니다, 전하. 신탁신전[14]에
파견하셨던 사신들이 한 시간 전에 도착했다고 하옵니다.
클레오메네스 경과 디온 경께서 델포스로부터 무사히

195 도착하셨사오며, 두 분은 귀국하자마자 서둘러 궁전으로
오고 있다고 하옵니다.

대신 1   황공하옵니다만, 전하, 그들의 귀환은
예상했던 것보다 더 신속한 것이옵니다.

레온티스   이십 삼 일[15] 되었군,

---

14. 신탁신전: '오러클'(Oracle)로 신탁을 알려주던 장소.
15. 이십 삼 일: 출처인 『판도스토』에는 3주 이내로 되어 있음.

그들이 자리를 비운지가. 과연 신속한 귀환이오. 위대하신
아폴로 신께서 즉각적으로 이 일의 진실을
밝히시려함이오. 채비를 갖추시오, 제 경들. 과인이 더   200
없는 불충을 저지른 왕비를 심문할 수 있도록 청문회를
개정하도록 조치하시오. 왕비는 공개적으로 기소를
당했으니, 공개 법정에서 공정한 재판을 받게
해 줄 것이오. 왕비가 살아 있는 한,
내게는 큰 부담이 될 것인즉. 그만 모두 물러가시오.   205
내 명령을 명심하시오.   일동 퇴장.

3막

1장

시실리아, 어느 마을의 여관 앞 길거리

클레오메네스와 디온 등장

클레오메네스 날씨도 좋았고, 공기도 향기로웠으며,

비옥한 섬에, 그 신전은 세상 사람들이

칭송을 훨씬 뛰어넘는 것이었소.

디온   내 반드시 전하겠는 바,

그 무엇보다도 더 내 마음을 사로잡았던 것이니, 천상의

5   의복과 (내 생각에 그것들을 그렇게 불러야 할 것 같은데)

그 의복을 입은 신관들의 존엄한 모습을 말이오. 오, 그

신성한 제물! 제례도 어찌나 장중하고 엄숙한 지, 이 지상의

행사 같지가 않았소!

클레오메네스   그러나 무엇보다도 귀청을

찢을 듯한 신탁의 음성, 조브 신의 뇌성만큼 우렁찬

10   그 소리에 나는 너무 깜짝 놀라서

망연자실했다오.

디온   만약 이번 여정으로 왕비마마의 결백이

성공적으로 입증된다면, — 제발 그렇게 되기를! —

우리들에게 진기하고, 즐겁고, 신속한 여정이었던 만큼,

시간을 들여 다녀온 보람이 있을 것이오.

클레오메네스　　　　　　　　　　위대하신 아폴로 신이시어

만사형통하게 해주시옵소서! 허마이온 왕비마마께 억지로　　　　15

오명을 뒤집어씌운 이번 선고들을

나는 반기지 않으니.

디온　　　　　　　　우격다짐으로 서둘러 진행시킨 그 일이

명명백백하게 종결될 것이오. 신탁이

(이렇게 아폴로 신전의 대 신관이 봉인 했으니)

개봉되어 그 내용이 밝혀지는 순간, 뭔가 희귀한　　　　20

일이 세상에 쫙 퍼지게 될 것이니. 자, 새 말로 갈아

탑시다! 은총이 가득한 결말이 되었으면.　　　　　　일동 퇴장.

2장

시실리아의 법정

레온티스, 대신들, 그리고 관리들 등장

레온티스   본 법정은 (비통한 마음으로 과인이 개정을 선언하는 만큼)
더욱 과인의 마음이 비통하노라. 피고는
국왕의 딸[16]의 신분으로, 과인의 비였고, 과인이
지극히 사랑했던 사람이다. 과인은 폭군이라는
비난에서 벗어나기 위해, 이렇게 공개적으로
재판을 진행하여, 정해진 절차를 밟아
유죄든 또는 무죄든 밝혀내려는 것이오.
죄인은 출두하라.

관리   왕비마마께서 친히 여기 이 법정에
출두하라는 전하의 어명이오. 정숙하시오!

호위를 받으며 허마이온 등장. 폴리너와 시녀들이 뒤따른다.

레온티스   기소장을 읽어라.

관리   훌륭하신 레온티스 시실리아 주상의 비, 허마이온,
피고는 대역을 범한 죄로 이 법정에 기소된 바,

---

16. 국왕의 딸: 허마이온은 러시아 황제의 딸이었음.

보헤미아의 왕 폴릭세너스와 간통을 저질렀으며,
카밀로와 공모하여 우리의 영용하신 주상 전하이자   15
피고의 부군의 목숨을 빼앗으려고 하였다. 우연히
그 음모가 드러나자, 그대 허마이온은 참된
신하로서의 충성과 복종의 의무를 어기고,
그들과 내통하여, 그들을 도와, 야밤에
안전하게 그들이 도망가게   20
해주었다.

허마이어니 소첩이 드리고자 하는 말씀은 소첩에 대한 기소
내용을 반박하는 것일 수밖에 없고, 소첩을 변호하기
위한 증거 또한 소첩의 말씀 외에 아무것도 없사오니,
소첩이 아무리 '무죄'라고 외쳐봐야 별 소용이 없을   25
것이옵니다. 소첩의 정숙함도 모두 허위로 간주되는
만큼, 소첩이 성실하게 진술해 본들 모두 허위로
받아들여 질 것입니다. 그러나 신들께서 우리 인간들의
행위를 지켜보신다면, (신들께서는 우리를 내려다보시지요)
무죄가 잘못된 기소로 하여금 얼굴 붉히게 만들고, 폭정은   30
인내 앞에서 부들부들 떨게 될 것임을 소첩은 의심치
않습니다. 원고이신 전하께서는 가장 잘 알고 계시지요,
(그렇지 않은 척하고 계시지만) 소첩의 지난 삶이
순결하고, 정숙했으며, 성실했다는 사실이 소첩이
지금 불행하다는 사실만큼 확실하다는 것을요. 이는   35
관객들을 끌어 모으기 위해 교묘하게 꾸며 상연하는

어떤 연극이라 할지라도, 지금 소첩의 처지에
비할 수는 없을 것입니다. 소첩을 굽어 살피소서,
왕위의 절반을 소유한 국왕의 반려자요, 위대하신
40   대왕의 소생이며, 장래가 촉망되는 동궁의 어미인
제가 누구라도 원하면 와서 방청할 수 있는 여기
공개법정에 서서 목숨과 명예를 지키기 위해 구구하게
진술하고 있답니다. 목숨이야, 소첩은 (없어져도 그뿐인)
슬픔 정도로 여기고 있사오나, 명예는 소첩에게서 소첩의
45   소생에게로 승계되는 것이라, 그것만은 반드시 지키겠습니다.
소첩은 전하의 양심에 호소합니다, 전하, 폴릭세너스 왕께서
전하의 궁전을 방문하시기 전에, 소첩은 전하의 총애를
받았었고, 금실도 좋았습니다. 그 분이 방문하신 이후,
소첩이 무슨 불미스러운 행위를 저질렀다는 이유로 이런
50   처지가 되었습니다. 만약 조금이라도 명예의 범주를
벗어났다거나, 또는 행위나 의도에 그런 기미가 있었다면,
소첩의 변론을 경청하는 모든 사람들의 심장이 굳어지고,
소첩의 가장 가까운 혈육조차도 제 무덤 위에 욕설을
퍼붓게 하소서.

레온티스   과인은 이제껏 들어본 적이 없도다,
55   이런 철면피한 죄를 저지른 그 누구도 그 죄를
저지르고 나서 그들이 저지른 짓을 부정하는
뻔뻔함을 갖고 있지 않다는 말을.

허마이어니   사실 그러하옵니다만,

그 말은, 전하, 소첩에게는 해당되지 않는 말이옵니다.

레온티스 죄가 없다는 주장이군.

허마이어니   여주인으로서의 사소한 과오
이상의 죄를 추궁하신다면, 소첩은 절대로 인정할   60
수가 없습니다. 소첩이 기소된 내용과 연루된
폴릭세너스 왕과 관련하여, 소첩은, 고백하거니와,
그 분께서 당연히 받으셔야할 예우 차원에서 그 분께
다정하게 대했으며, 그런 다정한 호의는 저와 같은
귀부인의 신분에 적절한 것이지요. 그런 호의는,   65
다른 게 아니라, 전하 자신께서 하명하신 수준이라
그 정도의 호의를 보이지 않았다면, 소첩의 소견으로는
전하께, 그리고 전하의 친구에게 배은망덕한 불손이 되지요.
두 분의 우정은 말문이 터진 유년 시절부터 사심 없이
나누신 것이니까요. 그런데 이제, 역모 죄로 기소되니,   70
그 맛이 좋으니 소첩도 그 맛을 보라고 하시지만,
소첩은 그 맛의 진미를 모르겠습니다. 소첩이
아는 바, 카밀로 경은 충직한 사람인 데,
어떤 연유로 그 분이 전하의 궁전을 떠났는지,
신들께서도 (소첩 정도만 알고 계시므로)   75
알지 못하실 것입니다.

레온티스 그대는 그 자의 도주를 알고 있었다. 그 자가 떠난 후에
그대가 해야 할 일을 알고 있듯이 말이야.

허마이어니 전하,

전하께선 소첩이 이해할 수 없는 말씀을 하십니다.

소첩의 목숨은 전하의 망상의 궤도에 들어있으므로,

소첩은 미련을 버렸답니다.

레온티스　　　　　　　　과인의 망상은 그대의 행실 때문이니라.

그대는 폴릭세너스의 사생아를 낳았고,

그래서 과인은 망상에 빠졌을 뿐! 그대는 수치심도 없고

(그대와 같은 죄를 범한 자들이 모두 그러하듯이) 진실도

모르는군, 부정해 봐야 이로울 것이 없다는 걸. 네

새끼는 내다 버렸느니라, 아비 없는 자식이니 마땅히

버려야지 (따지고 보면, 그 아이보다 네 죄가 더 크지만),

그리고 너도 과인의 정의의 칼 맛을 보게 될 것인 즉,

아무리 가벼운 판결이라도 사형보다 더 가볍지

않을 것이다.

허마이어니　　　전하, 위협을 거두시옵소서.

전하께서 저를 겁주려고 동원하시는 저승사자를 소첩은 환영합니다.

소첩에게 목숨은 부질없는 것입니다.

제 삶에 있어서 최고의 위안인 전하의 총애를

소첩은 잃었사옵니다. 총애를 잃은 것은 느끼고 있사오나,

어쩌다 그렇게 되었는지는 모르옵니다. 소첩의 둘째 위안은

내 배로 낳은 첫 결실[17]이온데, 소첩은 마치 전염병 환자처럼

그 아이로부터 격리되었사옵니다. 소첩의 셋째 위안은

(지독한 액운을 타고나) 소첩의 품에서

---

17. 내 배로 낳은 첫 결실: 레온티스와 결혼하여 낳은 첫 왕자인 마밀리우스를 가리킴.

(순결무구한 입으로 죄 없는 젖을 문 채)　　　　　　　　　　100

강제로 떼어내 죽임을 당하였습니다. 저 자신은 모든 기둥에

창녀라는 꼬리표를 달게 되었고, 엄청난 미움을 받고

지위고하를 막론하고 모든 여성들에게 허용되는

산후조리의 특권마저 박탈당하고, 마침내, 서둘러

외풍이 휘몰아치는 여기 이 공개 법정에 끌려 나왔습니다.　　　105

산후조리 기간도 채우기 전에요. 자, 전하,

말씀해 주시옵소서, 소첩이 살아서 무슨 축복을 받는다고

소첩이 죽음을 두려워하겠나이까? 그러니 처형해 주시옵소서.

그러나 이 말만은 들어주시되 오해는 말아주세요. 목숨이야,

소첩은 지푸라기만도 못한 것으로 여기지만, 소첩의 명예는　　110

반드시 지켜야만 하겠습니다. 만약 모든 증거들을

잠재워 놓은 채, 전하의 질투로 촉발된 추측들에 의해

제가 처형된다면, 그것은 법이 아니라 가혹한 처사라는 점을

소첩은 전하께 말씀드립니다. 만장하신 대신 여러분,

저는 신탁에 제 운명을 맡기겠습니다.　　　　　　　　　　115

아폴로 신이시여, 저의 재판관이 되어 주소서!

대신 1　　　　　　　　　　　　　　　이와 같은

왕비마마의 요청은 전적으로 정당한 것입니다. 그리 하온즉,

아폴로 신의 이름으로 봉인된 신탁을 모셔오너라. [담당 관리들 퇴장]

허마이어니 러시아의 황제가 소첩의 아버님이셨습니다.[18]

---

18. 러시아의 황제가 소첩의 아버님이셨습니다: 출처인 『판도스토』에서는 허마이온에
　　대비되는 등장인물인 벨라리아의 아버지가 러시아 황제가 아니지만, 여기서는 허

오 아버님께서 생존하시어, 여기서 그 분의 딸이

재판을 받는 광경을 지켜보셨더라면! 아버님께서는

저의 극도로 비참한 꼴을 복수의 눈이 아니라

연민의 눈으로 지켜 보아주셨을 텐데!

클레오메네스와 디온과 함께 담당 관리들 등장

담당관 귀경들은 이 자리에서 정의의 칼에 두고 맹세할지니,

125 그대 클레오메네스 경과 디온 경은 함께 델포스에

다녀왔으며, 그곳으로부터 위대하신 아폴로 신의 신관께서

직접 이렇게 봉인하신 이 신탁을 가지고 왔다는 사실과

그것을 전해 받은 이후로 경들은 성스러운 봉인을

뜯지도, 또 그 안에 들어 있는 비밀 내용을 읽지도

않았다고 맹세하시오.

130 **클레오/디온**　　　　　　모두 맹세합니다.

레온티스　봉인을 뜯고 읽도록 하라.

담당관　허아이온은 순결하고, 폴릭세너스는 무죄이며, 카밀로는

충신이다. 레온티스는 질투심에 눈먼 폭군이고, 그의

죄 없는 아기는 그의 자손이다. 그리고 레온티스 왕은

135 후계자 없이 살 것이다, 만약 잃어버린 그 아기를

되찾지 못한다면.[19]

마이온이 처한 상황을 더욱 처절하게 보이게 되는 효과를 지니게 됨.

19. 허마이온은 순결하고, 폴릭세너스는 무죄이며, 카밀로는 충신이다. 레온티스는 질

투심에 눈 먼 폭군이고, 그의 죄 없는 아기는 그의 자손이다. 그리고 레온티스 왕

대신들 위대하신 아폴로 신께 축복 있을진저!

허마이어니   찬양합니다!

레온티스 사실대로 읽은 게냐?

담당관   그러하옵니다, 전하, 여기 이렇게

적혀 있는 그대로입니다.

레온티스 신탁 내용에 진실이라고는 전혀 없다.   140

재판은 계속될 것이다. 이 신탁은 허위에 불과해.[20]

시종 등장

시종 전하, 주상 전하!

레온티스   무슨 일이냐?

시종 오 전하, 소인은 이런 소식을 전했다고 저주를 받을 것입니다!

전하의 아드님이신 동궁마마께서 왕비마마의 처지에 노심초사

하시다가, 돌아가셨습니다.

레온티스   뭐야! 돌아가셨다고?

은 후계자 없이 살 것이다. 만약 잃어버린 그 아기를 되찾지 못한다면: 델포스에서
받아온 신탁의 내용으로 출처인 『판도스토』와 같은 내용이 축어적으로 표현되었
다. 그리고 1588년, 1592년, 1595년에 출판된 판본에는 위와 같이 '후계자 없이
살 것'이라고 되어 있지만, 1607년 판본에는 '후계자 없이 죽을 것'이라고 되어있
다. 따라서 아마도 셰익스피어는 1607년 판본 이전의 판본들을 참고했던 것으로
추정됨.

20. 재판은 계속될 것이다. 이 신탁은 허위에 불과해: 레온티스가 이미 질투의 화신이
되어 이성을 잃고, 스스로 의뢰했던 신성한 신탁의 내용마저 부정한 채, 허마이온
의 단죄만을 주장하는 폭군의 모습이 강조됨.

시종   돌아가셨습니다.

레온티스 아폴로 신께서 진노하시고, 천지신명들이 직접 나의 부당한 처
사에

일격을 가하시는구나.²¹ [허아이온이 기절한대] 거기는 또 어쩐 일이냐?

폴리나 이런 소식은 왕비마마께 치명적입니다. 굽어 살피소서

그리고 죽음이 몰고 온 결과를 보시옵소서.

레온티스   왕비를 모시고 나가라.

왕비의 마음에 충격이 가해졌을 뿐, 회복할 것이야.

과인은 내 마음에 품고 있던 의심을 지나치게 과신했다.

부디 왕비를 잘 보살펴

깨어나도록 해 주시오.

[폴리나와 시녀들, 허마이온 왕비를 모시고 퇴장]

아폴로 신이시여, 용서해 주소서,

준엄한 신탁을 무시했던 저의 큰 불경죄를!

나는 폴릭세너스 왕과 화해를 할 것이고,

왕비에게도 새로 구애를 할 것이며, 충신 카밀로

경을 내 이제 충직하고 자비로운 신하라고 공표하겠다.

질투심에 도취되어 끔찍한 생각과 복수심에

사로잡히다보니, 나는 카밀로 경에게

---

21. 아폴로 신께서 진노하시고, 천지신명들이 직접 나의 부당한 처사에 일격을 가하시
는구나: 레온티스가 신성한 신탁의 내용마저 부정하고 허마이온을 부정한 여인으
로 몰아 단죄하려 하자마자 때맞추어 당도한 마밀리어스 왕자가 죽었다는 비보를
듣고 자책하는 대사. 레온티스가 자신의 행동이 부당하다는 점을 스스로 알고 있음
을 드러내 준다.

내 친구인 폴릭세너스 왕을 독살하라는   160
임무를 내렸다. 카밀로 경이 선량한 마음으로
내 성급한 어명을 지연시키지 않았더라면
독살은 성사되었을 게다. 어명을 어기면 사형에
처하겠다고 위협도 했고, 또 어명을 완수하면
상을 내리겠다고 내 격려도 했건만. 카밀로 경은   165
(더없이 인정 많고 명예로 충만한 지라) 내 국빈에게
나의 음모를 귀 띔 해주고, 이곳에 있는 자신의 전 재산
마저 버리고 (알다시피 엄청난 재산인데도) 만사가
불확실한 기약 없는 상황에, 자신의 명예만 재산삼아
자신을 맡긴 것이다. 나의 녹슨 영혼과 비교하니,   170
더욱 찬란히 빛을 발하는구나! 그의 충심에 견주니,
내가 저지를 행위가 더욱 추악해진다.

폴리나 등장

폴리나   이렇게 비통할 수가!
오 이 레이스[22] 좀 잘라다오, 내 심장이 쪼개져서
부서질 것 같구나!
대신 1   아니 귀부인 마님께서 이 무슨 수작이요?
폴리나 폭군이시어, 신첩에게 어떤 고문[23]을 가하시렵니까?   175

---

22. 레이스: 당시 여성들이 즐겨 입던 코르셋을 묶는 장식 끈으로 사용한 레이스.
23. 고문: 중세시대의 대표적인 고문들은 주로 신체를 훼손하는 매우 가혹한 행위로 반
   인륜적인 방법이 동원된 것이 대부분임.

무슨 수레바퀴 고문입니까? 고문대? 화형? 껍질 벗기기? 펄펄
끓는 납이나 기름 탕에 쳐 넣기? 구식이든 신식이든 어떤 고문을
신첩이 받아야 하나요, 신첩이 내뱉는 말 한 마디 한 마디
모두 전하의 가혹한 고문을 받아 마땅 하온데? 전하의 폭정은
전하의 질투심과 합세하여 (사내아이에게도 너무 근거가
미약하고, 아홉 살짜리 계집아이에게도 너무나 유치하고
어리석은 망상이라 할) 오, 그런 망상들이 저지른 일을
생각해 보시기나 하시고, 정말로 실성하십시오. 완전히
실성하세요! 전하의 지난날의 모든 어리석은 짓들은 양념에
불과하옵니다. 전하께서 폴릭세너스 왕을 배신하셨지만, 그것은
아무것도 아니옵니다. 그저 전하께서 변덕스럽고 지독하게
배은망덕한 어릿광대였다는 점을 보여줄 뿐이지요. 전하께서
선량한 카밀로 경의 명예에 독을 쳐서 그로 하여금
폴릭세너스 왕을 살해하라는 명을 내리신 것도 별 것 아니지요.
그보다 훨씬 추악한 범죄 옆에 서면 그 정도는 하찮은 범죄에
불과하게 보이니까요. 전하의 갓난 딸을 까마귀밥으로 내던져
버리신 것도 전혀 죄가 되지 않거나 또는 대수롭지 않은
죄일 뿐이지요, 비록 악마라도 그런 끔찍한 짓을 하기 전에는
불을 뿜는 눈으로 눈물을 뿌렸을 테지만요. 전하의 어린 동궁
께서 돌아가신 것도 전하에게 직접적인 책임은 아니지요,
동궁마마께서는 고결한 생각으로 (그렇게 어진 동궁마마로서는
참으로 고매하신 생각이신 즉) 야비하고 우매한 전하께서 인자하신
왕비마마의 명예를 더럽히신다는 사실을 깨닫고 가슴이 미어져

180

185

190

195

돌아가셨으니까요. 이것 또한 전하의 책임이라고 할 수가 없지요. 하오나, 마지막으로ㅡ오, 만장하신 대신 여러분, 신첩의 말을 듣고 200 '대성통곡'해주세요!ㅡ왕비마마께서, 상냥하고 아름다우신 왕비께서 돌아가셨습니다.[24] 그리고 그에 대한 천벌은 아직 내리지 않았습니다.

대신 1   하느님 맙소사!

폴리나 왕비마마께서 운명하셨다고요. 맹세합니다. 만약 제 말을 믿지 못하시겠다면, 가서 직접 보세요. 누구라도 왕비마마의 얼굴에 홍조를 띠게 하거나, 입술에 윤기를 돌게 하거나, 눈을 205 뜨게 하거나, 따뜻한 체온 또는 숨결을 되돌려 놓으신다면, 저는 그 분을 신처럼 떠받들 듯 봉양하겠나이다. 하오나, 폭군이시여! 이 일들을 후회하시지는 말아주세요, 전하께서 아무리 통곡을 하셔도 이 슬픔의 무게에 비교가 안 됩니다. 하오니 그저 절망에 빠져 계시옵소서. 헐벗은 산위에서 벌거벗고 단식을 하며 만년동안 210 계속되는 겨울의 끝없이 몰아치는 눈보라 속에서 수천 번 무릎을 꿇고 기도를 올린다고 해도 신들께서 감동하사 전하께서 계시는 쪽으로 눈길을 돌리게 할 수는 없을 것이옵니다.

레온티스   계속하시오, 계속해.

---

24. 상냥하고 아름다우신 왕비께서 돌아가셨습니다: 마밀리어스 왕자가 죽었다는 전갈을 듣고 기절한 허마이온 왕비를 부축하여 퇴장했던 폴리너가 레온티스 왕 앞에 다시 등장하여 허마이온 왕비마저 돌아가셨다고 거짓 보고를 하는 데, 셰익스피어는 이후 마지막 장면까지 허마이온이 살아 있을 지도 모른다는 힌트를 주기보다는 그녀가 죽었다고 반복해서 강조하여 결말부분에서의 극적인 효과를 제고함.

아무리 들어도 부족하니까. 나에게 온갖 비난과 욕설을 들어도 마땅

하니까.

대신 1   그만 하시오.

일이 어찌되었든 간에, 부인의 비난은 불경죄에

해당하는 것이오.

폴리나   그 점은 송구하옵니다.

저는 늘 일을 저지르고 나서 실수라는 것을 알고,

220 때늦은 후회를 한답니다. 아녀자의 수다로 너무 많은

불경죄를 저질렀습니다. 전하께서는 이미 그 고결하신

가슴에 상처를 받았사온데, 이미 다 지난 일이고,

과거지사는 슬퍼해 본들 소용이 없지요. 신첩의 청원에

마음의 상처를 받지 마시고, 부디, 전하, 신첩을 처벌해

225 주시옵소서. 전하께서 잊으셔야 할 일들을 상기시켜

드렸사오니. 자, 자비로우신 전하, 주상 전하, 이 어리석은

여편네를 용서해 주시옵소서. 왕비마마를 너무도 흠모한 나머지 -

이런, 또 다시 어리석은 말을! 저는 더 이상 왕비마마에 대해

말씀드리지 않겠사오며, 전하의 왕자님과 공주님에 대해서도

230 말씀드리지 않겠나이다. 신첩의 낭군에 대해서도 전하 앞에서

함구하겠사옵니다. (낭군 역시 소식이 끊겼지만) 부디 참고 인내해

주시옵소서. 하오면 신첩은 입을 다물겠사옵니다.

레온티스   그대는 진실을 말해

주었으며, 그대가 동정어린 말을 하는 것보다 진실을 말해

주는 것이 더 좋았다. 부디 짐을 나의 사랑하는 왕비와

동궁의 시신이 있는 곳으로 안내해 주시오. 두 모자를 235
한 무덤에다 묻어 주겠소. 묘비에는 모자가 죽게
된 사연을 새겨서, 과인의 치욕이 영원히
전해지도록 하겠소. 하루에 한 번, 과인은
모자가 잠들어 있는 예배당에 방문하여,
그 곳에 눈물을 뿌리는 것을 나의 낙으로 240
삼겠소. 여력이 지탱하는 한, 짐은 맹세코
이 일을 나의 일과로 행할 것이오.
자, 나를 그 비통한 슬픔 곁으로 안내해 주시오. 　　일동 퇴장

3장

보헤미아의 황량한 해변

[갓난 아기와 함께] 앤티고너스, [그리고] 선원 한 명 등장

앤티고 우리 배가 보헤미아의 해변[25]에 도착한 것이 확실한
것이냐?

선원 그러하옵니다. 하오나 좋지 않은 때에
도착한 것이라 걱정되옵니다. 하늘은 찌푸렸고,
당장 폭풍이라도 닥칠 기세이옵니다. 소인이 보기에,

5 저희가 하려는 일에 하늘도 노하셔서
잔뜩 찌푸린 듯 하옵니다.

앤티고 성스러운 신들의 뜻대로 행하시옵소서! 가서 배에
올라타서, 배를 지키고 있거라. 내 곧 너에게로
돌아갈 테니.

10 **선원** 최대한 서두르시고, 물으로 멀리 들어가지는
마시옵소서. 날씨가 험해질 듯하옵니다.
게다가 이곳은 맹수가 득실거리기로 유명한
곳이랍니다.

앤티고 돌아가도록 해라.

---

25. 보헤미아 해변: 실제로는 보헤미아가 내륙국이므로 해변이 있을 수가 없음.

선원   내 곧 뒤따라가겠다.

                             잘 됐군,

이 일을 면하게 되었으니.

앤티고   자, 불쌍한 아가야.   15

나는 죽은 사람의 혼령이 이 세상에서 다시 걸어 다닌다는

말을 들은 적이 있지만, 믿지는 않았다. 만약 그런 일이

있다면, 네 어미가 지난 밤 내 꿈에 나타나 걸어 다녔는데,

전혀 꿈같지 않았다. 그 혼령이 때로는 머리를 한쪽으로

갸우뚱하고, 또 때로는 다른 쪽으로 머리를 갸우뚱하며,   20

내게 다가왔는데, 나는 일찍이 그렇게 슬픔에 차 있으면서

그렇게 아름다운 모습을 본 적이 없다. 새하얀 옷을 입고,

마치 성스러움 그 자체와 같이, 내가 자고 있던 선실로

들어와 내게 세 번 허리 굽혀 절을 하고, 무슨 말을

하려는지, 긴 숨을 몰아쉬더니, 두 눈은 두 개의 분수가   25

되더구나. 이윽고 걱정이 가라앉자, 이렇게 말했다.

'선량하신 앤티고너스 경, 운명의 여신이 경의 선량한

성품에 맞지 않게 경에게 내 불쌍한 아기를 내다 버리라는

역할을 맡겼으니, 그대는 서약한 그대로 보헤미아의

인적이 드문 황량한 장소를 선정하여 그곳에다   30

눈물을 뿌리며 내 핏덩이를 버려주시오. 그리고

그 아기는 영원한 미아가 되는 만큼, 부디 퍼디타라고

불러 주시오. 주상 전하가 그대에게 명했다고는 하나,

이 잔혹한 임무를 수행하였으니, 경은 다시는 경의

아내인 폴리나를 보지 못하게 될 것이오.'라고 말하고

그 여자는 비명소리를 지르며 허공으로 사라졌다. 너무

놀랐고, 내가 정신을 가다듬고 곰곰이 생각해 보니,

이는 꿈이 아니라 생시로 여겨졌다. 개꿈이려니

하지만 이번 한 번만은, 그래, 미신이라 해도

나는 이 꿈을 따라야겠다. 필경 허마이온 왕비께서

처형당하신 것이야. 그리고 아폴로 신께서도, 이 아기가

폴릭세너스 왕의 핏줄이기 때문에, 이 아기를 이곳에

버리시기를 원하시는 게야. 이 아기의 생부의 땅에서

살든지 죽든지 하라고 말이야. 꽃송이 같은 아가야

작별이다. 거기 누웠거라, 네 출생증명서며,

이 패물들도 같이 두었다. 운이 좋다면, 이만한

재물이면 네 양육비용으로도 충분하고,

평생 써도 남을 것이야. 폭풍이 몰아치기

시작하는군. 불쌍한 아가야, 네 어미의

잘못으로 네가 이렇게 황야에 버려져서,

어떻게 될지 모르는 처지가 되었구나! 울지는

않겠다만, 내 심장이 찢어지는 구나. 그리고 맹세 때문에

이런 일을 하게 되다니, 내 저주를 받아 마땅하구나. 이제 작별이다!

날씨가 점점 더 험악해 지는군. 아기에겐 너무 거친 자장가를

듣게 되겠군. 대낮에 저렇게 하늘이 컴컴해 지는 꼴을

내 본적이 없다. 맹수의 울음소리다! 빨리 승선해야겠는데!

맹수에게 쫓기는 신세가 되다니,

나는 이제 죽는구나!　　　[곰에게 쫓겨 퇴장]

양치기 한 명 등장

양치기 열 살부터 스무 세살까지의 나이는 없었으면 좋으련만,
아니면, 그 나이의 젊은 놈들은 내내 잠에나 곯아 떨어 60
지든지. 하는 일없이 빈둥대면서, 계집질이나 해서 임신이나
시키고, 노인들에게 해코지나 하고, 물건이나 훔치고, 쌈질이나
하니까－이게 무슨 소리냐! 열아홉에서 스물두 살 먹은
골빈 놈들 아니면 누가 이런 날씨에 사냥을 하겠어? 그 놈들
이 내 귀한 양 두 마리를 도망가게 했으니, 양 주인보다 65
늑대가 먼저 양을 발견하면 안 될 텐데. 만약에 어디에서고
양들을 찾게 된다면, 아마도 해변에서 해초나 뜯고 있을 테지.
[아기를 발견하고] 세상에, 행운이다, 이게 웬 보따리냐, 갓난
아기다. 아주 예쁜 갓난아기야! 사내인지 계집인지 궁금하구나!
예쁜 놈이다, 아주 예쁜 놈이야. 분명코 사생아겠지. 70
내 비록 무식하지만, 궁중 시녀들이 은밀하게 사생아를
낳는다는 것쯤은 알 수 있지. 이 아기도 계단 뒤에
숨어서든, 궤짝 안에 숨어서든, 문짝 뒤에 숨어서 재미
본 결과일 테지. 뜨거운 숨을 몰아쉬며 재미 볼 건 다
보고, 이 불쌍한 아기는 여기에 버렸을 것이야. 불쌍하니 75
내 거두어 주기는 하겠다만, 아들 녀석이 올 때까지
기다려 다오. 방금 아들 녀석이 신호를 질렀으니.
여기다-여기야!

클로운²⁶ 등장

클로운 여기요, 여기!

80 **양치기** 뭐야, 이렇게 가까이 있었더냐? 네 녀석이 죽어서 썩어
　　　　문드러질 때까지 이야기할 거리를 보려거든, 이리 오너라.
　　　　인석아 대체 무슨 소란이냐?

클로운 바다에서 그리고 육지에서 두 가지 굉장한 광경을 보았어요!
　　　　하지만 그 걸 바다라고 말 할 수도 없어요, 지금은 바다가
85 　　　하늘이 되었으니까. 바다와 하늘이 바늘 침 하나도 들어갈
　　　　수 없을 만큼 딱 달아 붙었어요.

양치기 아니, 인석아, 그게 무슨 소리냐?

클로운 아버지도 어찌나 파도가 요동치고, 격노하여, 해안을 집어 삼킬
　　　　듯이 밀려오는 모습을 보셨어야 하는 건데! 그런데 그게 요점이
90 　　　아니에요. 오, 불쌍한 영혼들의 가련하기 짝이 없는 비명소리!
　　　　한동안 보였다가, 이내 사라졌다가, 방금 그 배의 주 돛대로
　　　　달이라도 찌를 듯이 치솟았다가 이내 물거품에 삼켜졌어요,
　　　　마치 큰 술통 안에 빠진 코르크 마개처럼 요. 그리고 나더니,
　　　　육지에서는요, 곰이 그 분의 어깨뼈를 어찌나 세게 물어뜯던지,
95 　　　그 분이 나를 보고 살려달라고 하며, 자기 이름이 앤티고너스
　　　　경이라고 어찌나 큰 소리로 외치던지요. 하지만 배 이야기부터

---

26. 클로운: Clown은 '광대'라는 뜻의 보통 명사이므로 이를 번역하여 '광대'라고 번
　　역한 경우도 있지만, 고유명사로 사용한 셰익스피어의 의도를 감안하여 '클로운'
　　으로 번역함.

마저 하자면, 바다가 그 배를 어떻게 꿀떡 삼켰는지를 보았는데,
그 불쌍한 사람들이 비명을 지르고 바다는 그들을 조롱하듯이
삼켜 버렸어요. 그리고 그 불쌍한 나리님도 비명을 지르는데,
곰도 그 분을 조롱하듯이 물어뜯었지요. 둘 다 파도 소리나   100
폭풍 소리보다 더 큰 소리로 비명을 질러댔답니다.

양치기 하느님, 자비를 베푸소서. 그게 언제였느냐, 아들아?

클로운 방금이요. 그 광경들을 본 지가 눈 깜박할 시간도 안됐어요. 물에
빠진 사람들도 아직 죽지 않았을 것이고, 그 곰도 그 나리님을 아직
반도 먹지 않았을 거예요. 지금 한 창 뜯어 먹고 있을 걸요.   105

양치기 내가 그 근처에 있었더라면, 그 노인 양반을 구해드릴 수도
있었을 텐데!

클로운 아버지는 배 근처에 계셨다가 그 배를 구했더라면
좋았어요. 거기서라면 아버지의 자비심이 발붙일 곳이
있었을 테니까요.   110

양치기 큰 사고구나! 큰 사고야! 그건 그렇고, 여기 좀 봐라, 아들아.
자, 복 받았다. 너는 죽어가는 사람들을 만났다만, 나는 새로
태어난 아기를 만났다.[27] 여기 이 아기 좀 보거라, 잘 보라고.
양반집 아기나 쓸 수 있는 고급 세례용 강보로 쌌지! 여기 좀 봐.

---

27. 너는 죽어가는 사람들을 만났다만, 나는 새로 태어난 아기를 만났다: 목가적인 분
위기로 바뀐 극을 배경으로 등장한 하층민 계급의 등장인물들이 구사한 대사지만,
그 내용이 매우 함축적이고, 앞으로 전개될 플롯의 전조를 드러내 주는 절묘한 대
비의 대사이다. 이 대사로 레온티스의 그릇된 명령 수행에 관여한 모든 사람이 몰
살당했다는 비극적 내용과 유일하게 살아남은 장본인이 갓난아기라는 사실이 양치
기의 간결한 대사로 선명하게 대비된다.

강보를 집어 들어라, 아들아, 들어서 헤쳐 보라고. 자 같이

보자. 요정 덕에 내가 부자가 될 거라는 말을 들었었다. 이

아기는 요정들이 바꿔치기 한 아이임에 틀림없어. 헤쳐 봐라.

강보 안에 뭐가 들었느냐, 아들아?

클로운 아버지는 운수 대통한 노인이 되셨어요. 젊은 시절 지은 죄만

용서받는다면, 아버지는 팔자가 피신 거예요. 금이에요! 금덩이라구요!

양치기 이건 모두 요정이 가져다 준 금이다, 아들아, 그렇게 밝혀질 거야.

집어 들어서, 몰래 감추어라. 집으로, 집으로 곧장 가자.

운수대통이다, 아들아. 굴러 들어온 복이니 잡아 두려면,

비밀을 지키는 수밖에. 양 따위는 잃어버려도 좋아. 가자,

아들아, 곧장 집으로.

클로운 아버지가 찾은 것들을 가지고 곧장 집으로 가세요. 나는

그 곰이 나리님을 두고 가버렸는지, 나리님이 얼마나 많이

뜯어 먹혔는지 보러 갈래요. 배고플 때만 아니면 곰들은

결코 사납게 굴지 않아요. 나리님의 시체가 조금이라도

남아 있으면, 내가 묻어 주려고요.

양치기 그거 착한 일이다. 그 분의 남은 시체로 그 분이

누구신지 짐작할 수 있거든, 나를 불러라.

가서 볼 테니.

클로운 네, 그럴게요. 오시거든 그 분을 묻어 드리는데 거들어

주세요.

양치기 오늘은 운수대통한 날이구나, 아들아. 이런 날에는 착한

일을 해야지. 함께 퇴장

4막

1장

전과 같은 장소

서사 역으로 타임 등장

타임[28] 소생은 몇몇 사람에게 기쁨을 주고, 모든 사람에게 주고자 하나, 과오를 범하기도 하고 시정하기도 해서, 선량한 사람과 악당 모두에게 기쁨과 공포의 대상입니다, 이제 타임의 이름으로 저의 날개를 활짝 펼쳐 볼까 하옵니다. 저는 십 육년[29]이라는 세월을 단숨에 뛰어 넘고, 그 기나긴 세월 동안 있었던 일에 관해서는 덮어 두려고 하오니, 너무 빠르게 지나갔다고 해서, 그 죄를 저에게 묻지는 마시옵소서, 왜냐하면 법률을 뒤집어엎고, 단 한 시간 안에 관습을 심거나 뽑아버리는 일은 저의 권한에 속하는 것이기 때문이옵니다. 저를 태초에 질서가 서기 전이나, 질서가 당연한 것으로 수용되고 있는 오늘 날에나 한결 같은 것으로 여겨주시옵소서. 저는 그 법률과 관습을 만들어낸 시대도 목격했습니다, 또한 저는 오늘을 지배하고 있는 최신의 관습도

---

28. 타임: 여기서 '타임'은 서사역으로 등장하여 내레이터의 역을 함.
29. 십육 년: 전장에서 황야에 버려진 퍼디타가 양치기에게 발견되어, 성장한 지 십육 년이 흘렀다는 설정인데, 지금과는 달리, 당시 사람들의 평균 수명은 40세 미만이 었으며, 결혼 적령기도 15~6세 정도였으므로, 시실리어에서의 비극적 사건이 일 어난 지 어느 덧 한 세대가 지나간 시점에서 극의 후반부가 전개된다는 뜻임.

목격할 것이오며, 오늘날 빛나는 것으로 보이는 것도, 마치 지금
제 이야기가 그렇듯이 낡은 것으로 만들 것입니다. 여러분께서
참고 허락해주신다면 저는 제 모래시계를 돌려, 마치 여러분께서 15
주무시는 동안 일어난 일인 듯이 제가 꾸민 장면을 진행할
것입니다. 레온티스는 자신의 어리석은 질투가 빚어낸 결과를
애통해 하며 두문불출하도록 내버려두고,
점잖으신 관객 여러분, 이제 제가 아름다운
보헤미아에 있다고 상상해 주시고 제가   20
왕자에 관해서 언급했던 일[30]을 상기해 주시옵소서, 그 왕자의
이름이 플로리젤이라는 사실을 여러분에게 알려드립니다.
그리고 잊기 전에 서둘러 퍼디타 공주에 관해서
말씀드리자면, 이제 우아하게 자라서 놀랄 만큼
아름다운 처녀가 되었사옵니다. 공주의 앞날에   25
관해서는 예언하지 않겠사오나, 일이 진행되는 대로
저의 소식통을 통해 알려 드리도록 하겠사옵니다.
양치기의 딸이 되어 그 후에 그 딸에게 일어났던
일이 제가 말씀드리고자 하는 이야기의 골자이옵니다.
여러분께서 지금까지 지루한 시간을 보내셨다면,   30
진심으로 그런 일이 없도록 하겠노라고 이 타임이
말씀드리는 것을 양해해 주시옵소서.   퇴장.

---

30. 제가 왕자에 대해서 언급했던 일: 실제로 '타임'이 이전 장면에 등장하여 직접 보
    헤미아 왕자에 대한 언급을 한 적이 없으므로, 이 말은 전반부에서 보헤미아 왕자
    에 대한 언급이 있었다는 내용을 기억해 달라는 의미임.

2장

보헤미아, 폴릭세너스의 궁전

폴릭세너스 왕과 카밀로 경 등장

폴릭세네스 제발 카밀로 경, 더 이상 졸라대지 마시오.

경의 간청을 거절하는 것은 가슴 아픈 일이고,

경의 간청을 들어주는 것은 죽을 맛이오.

카밀로 조국 땅을 떠나온 지 어느새 십오 년[31]이 되었습니다. 비록

5 소신이 인생의 대부분을 이국땅에서 보냈사오나, 소신의

뼈만은 조국에 묻고 싶습니다. 뿐만 아니오라, 소신의 주군이신

시실리어의 왕께서도 과오를 뉘우치시고, 소신을 부르시니,[32] 그 분의

슬픈 마음을 조금이라도 위로해 드리고자 하는 것이 (외람된 생

각인지는

모르겠으나) 소신이 떠나고자 하는 또 다른 동기이옵니다.

10 **폴릭세네스** 짐이 경애해 마지않는 카밀로 경, 부디 지금 짐 곁을 떠남으로써

그동안 짐에게 바친 충정을 지워버리지 말기 바라오. 짐에게 경이

필요한 것은 훌륭한 경의 행적 때문이라오. 이렇게 경을 떠나보내게

---

31. 십오 년: 서사가 앞서 언급한 십육 년과 일 년의 차이가 있지만, 반드시 정확한 해

수를 따질 필요는 없는 것으로 보임.

32. 소신의 주군이신 시실리어의 왕께서도 과오를 뉘우치시고, 소신을 부르시니: 이 대

사로 레온티스 왕이 두문불출한 가운데 연락을 취해왔다는 사실이 밝혀진다.

될 바에야, 차라리 경을 만나지 않았던 편이 더 낫다오. 경은
짐을 위해 국정을 잘 운영해 왔으며, 그 일은 경 외에는 누구도
만족스럽게 할 수 없는 바, 계속 남아서 그대의 손으로 국정을   15
운영해 주든지, 아니면 경이 그 동안 쌓아온 충정을 가지고
떠나 버리는 셈이 되는 것이오. 경의 충정에 대해 짐이 충분히
보상하지 못했다면 (아무리 큰 보상으로도 짐이 갚을 수 없겠지만)
경이 더 큰 보상을 받을 수 있도록 숙고해 보겠으며, 그리하면
우정이 더욱 쌓여서 짐에게도 이득이 될 것이오. 오, 제발   20
재수 없는 나라, 시실리아에 대해서는 더 이상 언급하지
마시오. 그 이름만 들어도 (경의 말대로) 개과천선하여
짐과도 화해한 짐의 형제지간이나 다름없는 그 왕이
떠올라서 형벌을 받는 듯 괴롭고, 그 분의 귀하디귀한
왕비마마와 자녀들까지 처형당했다는 생각이 되살아나   25
새삼 비통해 진다오. 말해 주시오, 언제 짐의 아들,
플로리젤 동궁을 보았소? 왕이라도 불효한 자식을
두고 보면, 장래가 촉망되는 자식을 잃은 왕에 비해
덜 불행할 것도 없는 법이지.

카밀로 전하, 소신이 동궁마마를 뵌 지 사흘이 되었습니다.   30
무슨 신나는 일이 있어서인지, 소신은 알 길이
없사오나, 요사이 동궁마마께서 더 자주 궁전을
빠져나가시며, 예전보다 더 자주 왕세자 수업을
빼먹고 있는 것으로 알고 있습니다.

폴릭세네스 짐도 심사숙고해 왔고, 카밀로 경, 다소 걱정도 되오. 해서   35

사람을 풀어 동궁이 드나드는 곳을 염탐하여 이런 정보를
입수하게 되었는바, 동궁은 지독하게 미천한 양치기의
집에서 거의 누질러 있으며, 그 양치기는, 동네
사람들이 말하기를, 거의 무일푼이었는데, 이웃들의
40   상상을 초월할 정도로 갑자기 벼락부자가 되었다고
하오.

카밀로 소신도 그 양치기에 대한 소문을 들었사옵니다, 전하.
그 양치기는 재색을 겸비한 딸을 두었는데, 그 출중한 딸에
대한 평판은 그런 누추한 오두막에서 시작되었다고
45   생각할 수도 없을 만큼 널리 퍼져있다고 하옵니다.

폴릭세네스 그건 짐이 입수한 정보와 비슷한 내용이오만, 짐은
과인의 아들을 그 곳으로 꾀어내려는 불순한 계략
이 아닌지 두렵소. 경은 짐과 함께 그 곳으로 가서,
(우리의 신분을 드러내지 않은 채로) 그 양치기와
50   이야기를 나누어 봅시다. 순박한 촌뜨기로부터
과인의 아들이 그 곳을 드나드는 이유를 캐내는
일이니 어렵지 않을 거요. 부디 이번 일에 짐을
좀 도와주시오. 시실리아 생각은 접어두시오.

카밀로 소신 기꺼이 전하의 어명을 따르겠나이다.

55 **폴릭세네스** 과연 충직한 카밀로 경이시오. 자 변장을 합시다. [함께 퇴장]

3장

양치기 오두막 근처의 오솔길

오톨리커스가 노래를 부르며 등장

오톨리커스   수선화가 얼굴을 내밀기 시작할 때면,
         헤이! 산골짝 넘어 갈보년이,
       요때가 한 철임을 알아채고,
         겨울 내내 창백했던 얼굴에 홍조를 띄네

       울타리 위에 내다 넌 새하얀 홑이불은,   5
         헤이! 귀여운 새들이 노래도 잘 하네!
       내 도벽을 자극하는 데,
         흑맥주 한 조끼면 임금님 수라상이지.

       종달새는 지지배배 노래 부르고,
         헤이! 헤이! 개똥지바퀴와 어치도   10
       여름 노래 불러주네 나와 내 갈보년을 위해,
         우리가 건초더미 속에서 뒹구는 동안

나는 플로리젤 왕세자님을 모시던 분,[33] 호시절에는 값비싼 벨벳 옷도

입었었지만, 지금은 쫓겨난 신세지.

하지만, 그렇다고 내가 슬퍼해야 하나, 그대여?
　　밤마다 창백한 달빛 비추니,
이리 저리 내가 떠돌아다니다 보면,
　　언젠가 운수대통하게 되겠지.

땜장이도 어엿한 직업이라고,
　　돼지가죽 자루를 메고 다녀도 된다면,
내 일도 어엿한 직업이라,
　　차꼬가 채워져 망신을 당해도 직업이라 우겨야지.

내 직업은 홑이불 장수니, 솔개가 집을 지을 땐, 홑이불 천 조각을
눈여겨 지켜야지. 내 이름을 오톨리커스라고 지어주신 우리 아버지도
머큐리 신 아래서 태어나셔서, 나처럼 하찮은 물건들이나 훔치는
　　좀도둑이셨지.[34]
노름과 계집질로 이 성장을 사서 입은 것이고, 내 소득은
야바위로 챙긴 것들이야. 큰 길에서 얼쩡대다간 교수형이나

---

33. 나는 플로리젤 왕세자님을 모시던 분: 오톨리커스는 불한당으로 등장하지만, 한때
　　플로리젤를 모시던 신분이었음을 드러냄.
34. 우리 아버지도 머큐리 신 아래서 태어나셔서, 나처럼 하찮은 물건들이나 훔치는 좀
　　도둑이셨지: 신화에 의하면, 오톨리커스는 머큐리 신과 시온 신사이의 아들인데,
　　머큐리(헤르메스) 신은 소매치기, 좀도둑의 신으로 남을 속이고 물건을 훔치는 모
　　든 떠돌이 불한당들의 대명사이다.

태형에 처해지기 십상이지. 태형과 교수형은 나에겐 너무

끔직해. 앞으로의 일들은 잠이나 자면서 잊어야겠다.　　　　30

밥줄이다! 밥줄이 온다!

클로운 등장

클로운　어디 보자. 거세한 양 열한 마리에 양털 한 보따리고,

양털 한보따리에 일 파운드하고도 몇 실링이니,

천오백 마리의 양 털이면 모두 얼마가 되지?

오톨리커스　[방백] 덫에만 걸리면, 저 얼간이는 내 밥이다.[35]　　　35

클로운　주판 없이는 셈을 할 수가 없구나. 어디 보자, 이번 양털 깎기

축제[36]를 위해 내가 사야 할 것이 뭐더라? 설탕 세 근, 건포도

다섯 근, 그리고 쌀－누이동생은 쌀로 대체 뭐를 할 셈이지?

뭘 하든 아버지께서 누이동생을 축제의 여왕으로 정하셨으니,

누이가 시키는 대로 해야지. 양털 깎기들에게 주려고 꽃다발을　　40

스물네 개나 나더러 준비해달라고 했고, 그들은 모두 삼중창[37]을

부르기로 되어있는데, 모두 솜씨가 뛰어나며, 대부분 중음과

저음을 맡았고, 그 중에 청교도 한 사람만 뿔피리에 맞추어

---

35. 저 얼간이는 내 밥이다: 셰익스피어는 누른도요새(woodcock/'얼간이'로 번역)를 덫만 놓으면 걸려드는 어수룩한 새로 자주 활용했다.

36. 양털 깎기 축제: 원래 양털 깎기 축제는 당시 실제로 유행했던 축제로 6월에 개최되었음.

37. 삼중창: 고음부, 중음부, 그리고 저음부로 구성된 남성 삼중창을 말하며, '자유인'의 노래라고도 알려짐. 그런데 여기서 '자유인'(Freemen)은 '세 남성'(three men)이 와전된 것으로 추정됨. 경우에 따라 두 사람 또는 네 사람으로 구성되기도 함.

찬송가를 부른다네.[38] 워든 배[39] 파이를 물들일 노란 샤프론 색 물감도

사야 하고, 육두구 껍질을 말린 향료와 대추야자, 아니지—그건

내 쪽지에 없군. 육두구 일곱 개, 생강 한 두 뿌리라.

이런 건 그냥 얻을 수 있을 거야.

말린 자두 네 근에 햇볕에 잘 말린

건포도나 충분히 사야지.

오톨리커스 오, 나 같은 사람이 태어나다니! [땅바닥에서 설설 기면서]

클로운 깜짝이야!

오톨리커스 오, 사람 살려주세요! 이 누더기 좀 벗겨 주세요.

나 죽네, 나 죽어!

클로운 아뿔사, 불쌍한 사람! 누더기를 벗길 형편이 아니라

더 걸쳐야 하겠는 걸.

오톨리커스 아이고 나리, 이 역겨운 누더기는 내가 당한

채찍질보다 더 견디기 어렵답니다. 채찍질이라면

골백번도 더 맞아보았지만 말이에요.

클로운 아이고 불쌍해라! 골백번이나 매질을 당했다니

큰일이겠는걸.

오톨리커스 저는 강도를 만나 매질을 당하고, 돈이고 옷이고

그 놈들이 죄 빼앗아가고, 이 역겨운

---

38. 그 중에 청교도 한 사람만 뿔피리에 맞추어 찬송가를 부른다네: 셰익스피어는 심하게 조롱하지 않았지만, 동시대 작가들은 청교도들이 시편에 묘사되었듯이 뿔피리에 맞추어 찬송가를 부른다고 조롱했음. 그런데 정작 청교도 혁명이후 청교도들은 연극을 위시하여 춤과 음악을 엄격히 규제했음.

39. 워든 배: 요리용 배(과일)

104 겨울 이야기

누더기를 내게 입혀 놓았답니다.

클로운 그래 말 탄 놈이요, 아니면 걸어 다니는 놈이요?

오톨리커스 걸어 다니는 놈이요, 나리, 걸어 다니는 놈.　　　　　65

클로운 그래, 걸어 다니는 놈이었을 거야, 그 놈이 당신에게
입혀 놓은 누더기 옷을 보니. 말 탄 놈의 옷이었다면,
훨씬 좋은 옷이었을 테니. 손을 이리 주시오. 내 도와
드릴 테니. 자 어서 손을 주세요.

오톨리커스 오, 친절하신 나리, 살살요, 오!　　　　　70

클로운 아이고, 불쌍해라!

오톨리커스 오, 착하신 나리, 살살요, 착하신 나리!
내 어깨뼈가 부러진 것 같아요.

클로운 어쩌다가? 일어 설 수 있겠소?

오톨리커스 살살, 부디 나리 [그의 돈주머니를 훔친다]. 착하신　　　75
나리, 살살요. 제게 자비를 베푸신 거요.

클로운 돈이 필요하지요? 내 노형께 돈을 좀 드리겠소.

오톨리커스 아니오, 선량하신 나리, 아닙니다, 제발, 나리. 여기서
사분의 삼 마일도 안 되는 곳에 제 친척이 살고 있는데, 내
그리로 가는 중이었지요. 거기에 가면 돈이든 뭐든 내가　　　80
원하는 것을 다 구할 수 있답니다. 그러니 제발 저에게
돈을 주시겠다고 하지 말아 주세요. 송구스러워 제 가슴이 미어
지니까요.

클로운 그래 노형을 털어간 놈은 어떤 놈이었소?

오톨리커스 그 놈은, 나리, 제가 알기로 공굴리기 노름⁴⁰이나 하며 떠도는

놈이지요. 한때 왕자님의 시종이었다고 알고 있답니다만, 착한 놈이어서 시종까지 되었을 테지만, 뭔가 잘못을 저질러서 채찍질을 당하고 궁에서 쫓겨난 게 틀림없지요.

클로운 악당이었을 게야. 착한 사람이 채찍질을 당하고 궁에서 쫓겨나는 법은 없지. 그런 사람은 궁에서도 더 잡아두려고 할 테지만, 그런 뜨내기는 잠시만 머물려고 할 테니까.

오톨리커스 악당이지요, 나리. 저는 이놈을 잘 아는데, 이놈은 원숭이 놀이꾼[41]도 했다가, 집달리(지방 행정관)도 되었다가, '방탕한 아들'이라는 인형극을 만들어 돌아다니기도 한답니다. 내가 사는 터전에서 일마일도 안 되는 곳에 사는 땜장이 마누라와 결혼도 하고, 온갖 무뢰한 직업을 전전하다가 결국 부랑자로 정착했지요. 사람들은 그 놈을 오톨리커스라고 부른답니다.

클로운 오라질 놈! 좀도둑이야. 맹세코 좀도둑이라고. 잔치집이고, 시장이고, 곰 놀리기 장을 떠도는 놈이지.

오톨리커스 지당하신 말씀입니다, 나리. 그 놈이, 나리, 그 놈이 바로 나에게 이 누더기를 입혀 놓은 악당이랍니다.

클로운 이 보헤미아 천지에 둘도 없는 비겁한 악당이야. 만약 노형이 두 눈을

---

40. 공굴리기 노름: 트롤-마이-데임(troll-my-dame)이라는 게임으로 축제마당 한 구석에서 행해지던 불법 도박성 게임. 트롤-마담(troll-madame), 트렁크스(trunks), 또는 트루-마담(true-madame) 등으로도 불림.

41. 원숭이 놀이꾼: 장터 또는 축제마당 한 구석에서 길들인 원숭이로 쇼를 하고 돈을 받는 사람.

부릅뜨고 그 놈에게 침을 뱉어 주었다면, 그 놈은 줄행랑을 쳤을 거야.

오톨리커스 솔직히 말씀드리자면, 나리, 저는 싸움꾼이 아니랍니다. 그 방면에는

소질이 없고요, 그 놈도 그걸 알고 있었던 게 분명하답니다.　105

클로운 그래 지금은 좀 어떻소?

오톨리커스 친절하신 나리, 아까보다 훨씬 나아졌어요. 이제 설 수도 있고,

걸을 수도 있어요. 나리께 작별 인사를 고하고, 살살 내 친척

집으로 가도록 하겠습니다.

클로운 내 부축해 드릴까요?　110

오톨리커스 아니오, 잘 생기신 나리. 괜찮습니다, 나리.

클로운 그럼 잘 가시오. 나도 양털 깎기 축제에 쓸 물건들을

사러 가야겠소.　　　　　　　　　　　　　　　　　　　퇴장.

오톨리커스 복 많이 받으세요, 친절하신 나리. 네 지갑은 네가 사려는

물품들을 살 만큼 충분하지가 않군. 양털 깎기 축제에서 너를　115

다시 만나야지. 이번 소매치기에 한 탕을 더 해서 양털 깎기

놈들의 지갑을 털지 못한다면, 부랑자 명단에서 내 이름을

빼내서 선량한 사람 명부에 넣겠다.

노래. 터벅터벅 걸어간다 걸어가, 골목길을 따라,

즐겁게 울타리 문을 열고　　　　　　　　　　　　　　120

즐거운 마음으론 하루 종일 걸을 수 있어도

슬픈 마음으로 일마일도 지겹다네.　　　　　퇴장.

4장

양치기 오두막 밖의 축제장

플로리젤 [과] 퍼디타 등장. [조금 떨어져] 양치기, 클로운, [변장한] 폴릭세네스
왕과 카밀로 경 등장. 뒤이어 몹사, 도커스, 하인들, [남녀 양치기들] 등장.

플로리젤 이렇게 축제복장을 하니, 그대의 몸 구석구석에서

생기가 넘치는 것이 양치기 아가씨가 아니라, 사월 초에

모습을 드러내는 꽃의 여신처럼 보입니다. 이번 양털 깎기

축제는 작은 신들의 모임과 같고,

그대는 축제의 여왕이시오.

5　**퍼디타**　　　　　　　　　저하, 고귀하신 왕자님,

저하의 극찬을 나무라다니, 소녀에게는 가당치 않사오나,

오, 용서해 주소서, 그런 말을 입에 담는 것을! 만백성이

우러러 보는 지체 높으신 저하께서는 촌부의 옷을 입고,

신분을 감추고 계시는데, 미천한 소녀를 여신처럼

10　　치장해 놓았으니, 우리 축제에서는 모든 것이 놀이이고,

참석자들은 그런 놀이를 관례로 이해해주니 망정이지,

정말로 그런 누추한 복장을 하신 저하를 보고 소녀는

얼굴을 붉혔을 것이고, 저 자신을 거울에 비춰보고는

기절했을 거예요.

플로리젤　　　　　나는 내 착한 매가 그대의

아버지의 땅을 가로질러 날랐던 때에 축원을　　　　　　　　15

보낸다오.

퍼디타　　　　　지금 조브 신께서 저하의 축원을 들어 주시기를!

소녀에게는 신분의 차이가 두렵답니다. (지체 높으신

저하께서는 두려움에 익숙하시지 않으시겠지만) 지금 이

순간에도 소녀는 저하의 아버님께서 저하처럼 우연히 이곳을

지나실까 생각하면 몸이 떨린답니다. 오, 운명의 신들이여!　　　20

지체 높으신 저하께서 이렇게 누추한 복장을 하고 계신 모습을

보시고 주상 전하께서는 어떤 표정을 지으실까요? 뭐라고 말씀

하시겠습니까? 또는 이렇게 빌려 입은 옷으로 화려하게 치장을

한 소녀는 어떻게 전하의 지엄하신 용안을 대하겠습니까?

플로리젤　　　　　　　　　　　　그런 걱정은

접어두고, 즐기기만 합시다. 신들께서도 사랑을 위해서라면,　　　25

짐승의 탈을 뒤집어쓰기도 했다오. 주피터 신께서도 황소의

탈을 뒤집어쓰고 소 울음소리를 내셨고, 넵춘 신께서도

숫양이 되시어, 양 울음소리를 내셨으며, 불꽃 옷을

입으신, 황금 빛 아폴로 신께서도 지금의 나처럼

초라한 시골뜨기로 변신하시었소. 신들의 변신도　　　　　30

결코 천하일색의 여인을 위해서도 아니었고

또 순수하지도 않았다오.

왜냐하면 내 바람이 내 명예를 앞지르지도

않고, 내 욕정 또한 내 신념보다 더 뜨겁게

타오르지 않기 때문이라오.

35 **퍼디타**   오, 하오나, 저하,

저하의 결심이, 어쩔 수 없이 그렇게 되겠지만,

왕권에 의해 거부당하게 되면, 꺾이실 것입니다.

그 경우 둘 중 하나를 택해야 할 텐데, 그것은

저하께서 결심을 바꾸시든지, 아니면 제가 제

인생을 바꾸는 것이랍니다.

40 **플로리젤**   내 사랑하는 퍼디타,

부디 그런 터무니없는 억측으로 축제의 즐거운

분위기를 어둡게 하지 말아주오. 나는 그대의 것이지,

내 사랑, 절대로 아버지의 것이 아니라오. 왜냐하면

내가 그대의 것이 아니라면, 나는 나 자신의 것도

45 아니고, 그 누구의 것도 아니기 때문이라오. 이 점에

관해서는, 운명이 아니라고 말해도, 나는 확고하오.

즐깁시다, 부드럽게 그런 걱정들은 당장 그대 눈

앞에 펼쳐지는 유쾌한 것들로 떨쳐 버리세요.

축제의 손님들이 옵니다. 밝은 표정을 지으세요,

50 우리 두 사람이 맹세했던 결혼의 약속이 실현되는

날이 마치 오늘인 것처럼.

퍼디타   오, 운명의

여신이시어, 행운을 내려 주시옵소서.

양치기, 클로운, 몹사, 도커스, 그리고 다른 사람들, 변장한 폴릭세너스
왕과 카밀로 경과 함께 앞으로 나온다.

플로리젤   보세요, 손님들이 오시고 계세요.

손님들을 기분 좋게 맞이할 채비를 하세요,

그리고 얼굴이 빨갛게 될 때까지 놀아 봅시다.

양치기 젠장, 딸애야! 작고한 내 마누라가 살아 있을 때는,   55

이 축제날이면 혼자서 주방일이며, 술시중이며,

요리까지 도맡아 했고, 안주인 역에 하인 역까지

하면서 손님을 맞이했고, 손님들 시중까지 들었단다.

차례가 되면 노래도 부르고 춤도 추었으며, 식탁

끝에 앉았다가, 어느 새 식탁 중간에도 옮겨 앉았고,   60

이 손님 어깨 너머로 음식을 나르고, 저 손님 어깨

너머로도 음식을 나르다가 힘에 겨워 얼굴이 벌겋게

달아오르면, 열기를 식힌다고 한 잔씩 손님들과

건배를 하곤 했단다. 그런데 너는 축제의 손님이지

안주인이 아니라는 듯이 뒤로 물러서 있구나. 제발   65

여기 처음 오신 분들께 인사를 올리도록 해라. 그래야

더 친해지고 서로 더 잘 알게 될 터이니 말이다. 자,

얼굴만 붉히지 말고, 네가 축제의 여왕임을 알려라.

자, 어서, 양털 깎기 축제에 오신 손님들을 환영해

드려라. 양들은 물론이고 우리 모두 복 받도록.

퍼디타   [폴릭세니스 왕에게] 어르신,   70

환영합니다. 아버님 뜻을 따라 제가 오늘 축제의

안주인 역을 하게 되었답니다. [카밀로 경에게] 환영

합니다. 어르신. 도커스, 거기 꽃들 좀 제게 주세요.

존경하옵는 두 분 어르신, 어르신께는 로즈마리 꽃[42]과
운향초[43]를 드릴게요. 이 꽃들은 겨울 내내 그 빛과 향기를
간직한답니다. 신의 은총이 두 분 어르신께 함께 하시기를
기원하고, 저희 양털 깎기 축제에 오신 것을 환영합니다.

폴릭세네스   양치기 아가씨 —
참으로 미모가 뛰어나구만 — 우리 나이엔
겨울 꽃이 제격이라오.

퍼디타   어르신, 한 해가 저물고 있지만,
아직 여름이 끝난 것이 아니고, 동장군의 겨울이 시작
된 것도 아니오라, 제 철을 맞아 가장 아름다운 꽃은
카네이션[44]과 사람들이 자연의 사생아라고도 부르는
줄무늬 잎 길리보스 꽃[45]이랍니다. 그런 꽃들은 우리
시골 벽지 정원에는 있지도 않고, 저도 그런 꽃은
구할 수도 없답니다.

폴릭세네스   어째서, 착한 아가씨, 그 꽃들을
소홀히 여기시나요?

퍼디타   왜냐하면 그 꽃들의 얼룩덜룩한
무늬에는 위대한 자연의 조화와 함께 인간의 손길이
깃들었다는 말을 들어서지요.

---

42. 로즈마리 꽃: 기억, 우정의 꽃말을 가짐.
43. 운향초: 축복, 회한의 꽃말을 가짐.
44. 카네이션: 대관식 꽃(coronation flower, crowning flower)으로 꽃 장식에 널리 사
    용됨.
45. 길리보스 꽃: 7월의 꽃으로도 알려짐. 정향나무로도 알려짐.

폴릭세네스　　　　　　　　그렇다고 칩시다.

하지만 자연에 어떤 것이 가미되어 더 좋은 것이

된다면, 그것도 자연이 빚어낸 작품이요, 그러니　　　　　　90

아가씨가 자연에 가미했다는 인공의 손길도 자연이

만든 것이라 해야 마땅하오. 보다시피, 착한 아가씨,

우리는 야생 나무둥지에 더 고귀한 어린 가지를 접

붙여서, 미천한 종의 나무껍질에서 고귀한 봉오리를

맺게 하지요. 이것이 바로 자연을 수정하는 인간의　　　　　　95

손길이지만, ─오히려 자연을 개량하는─그 손길 자체도

자연의 일부인 것이오.

퍼디타　　　　　　　　과연 그렇군요.

폴릭세네스　그러니 아가씨의 정원을 길리보스 꽃으로 가득 채우시고,

그 꽃을 사생아라고 부르지는 마시오.

퍼디타　　　　　　　　　　저는 그 꽃 한 포기

심겠다고 꽃삽으로 땅을 파지는 않겠어요.　　　　　　100

제가 화장을 했다고 해서, 제가 여기 이 젊은 분께서

예쁘다고 말씀 하시고, 단지 그 이유만으로 저와 짝을

맺어 자식을 낳기를 바라지 않은 것과 진배없답니다.[46]

여기 여러분들께 드릴 꽃들이 있답니다.

---

46. 제가 화장을 했다고 해서, 제가 여기 이 젊은 분께서 예쁘다고 말씀하시고, 단지
　　그 이유만으로 저와 짝을 맺어 자식을 낳기를 바라지 않는 것과 진배없답니다: 앞
　　에서 변장한 폴릭세너스 왕이 꽃에 비유하여 미천한 태생의 양치기 딸이 신분상승
　　을 위해 왕자를 유혹해서는 아니 된다는 내용을 전하자, 이를 맞받아 자신의 사랑
　　이 외모만 앞세운 가식적인 것이 아니고 진솔한 사랑임을 강조한 대사임.

105 따뜻한 라벤더, 박하 꽃, 향초 꽃, 마요라나,

해님과 함께 잠자리에 들었다가 해님과 함께 이슬을 머금고

일어나는 금잔화. 이 꽃들은 한 여름철의 꽃들이오니, 중년 분들에게

이 꽃들을 드려야겠지요. 여러분 진심으로 환영합니다.

[손님들에게 꽃을 나누어 준다.]

카밀로 내가 아가씨의 양이라면, 나는 풀을 뜯어먹는 것을 그만두고,

아가씨만 바라보며 살겠소.

110 **퍼디타**   이런, 안돼요!

그러시다 너무 야위셔서 정월의 찬바람에

멀리멀리 날아가실 거예요. 자, 내 친애하는 친구, [플로리젤에게]

당신의 청춘에 잘 어울리는 봄철의 꽃들을 드릴게요,

그리고 너에게, [몹사와 다른 아가씨들에게]

115 너희들의 숫처녀 가지에 처녀 꽃이 만개할 거야.

오, 프로세피나 신[47]이여,

그대가 놀라서 디스 신의 수레[48]에서 떨어뜨렸다는

그 꽃들이 지금 있었으면! 제비가 돌아오기도 전에

삼월의 춘풍을 아름다움으로 사로잡는 수선화,[49] 빛깔은

120 엷어도 주노 신[50]의 눈꺼풀보다, 사이세리아 신[51]의 숨결보다

---

47. 프로세피나 신이여: 셰익스피어가 오비드의 『변신』에서 차용한 것으로 추정되는
    대사임.

48. 디스 신의 수레: 풀루토의 수레를 말함.

49. 수선화: 수선화의 꽃말은 "나를 잊지 마세요"(Forget-me-not)이고, 여기서는 가장
    감미로운 향기로 유명한 흰색 수선화를 의미함.

50. 주노 신: 제신들의 여왕으로 아름다움의 대명사임.

더 향기로운 제비꽃, (처녀들에게 흔하디흔한 병이지만)

한창 때 눈부신 푀비스 신[52]을 보기도 전에 숫처녀로

죽은 창백한 금달맞이 꽃, 대담한 앵초 꽃[53]과

왕관초,[54] 온갖 종류의 백합 꽃, 붓꽃[55]도 그 중

하나지요. 오, 이런 꽃들은 저에게 없답니다,   125

여러분들에게 화관을 만들어 드리고,

내 소중한 친구에게,

뿌리고 또 뿌려드리고

싶어도!

플로리젤   뭐라고, 시체에 뿌리듯이?

퍼디타 아니지요, 연인들이 뒹굴며 노는 둑에 뿌리 듯이지요.   130

시체에 뿌리듯 뿌리는 것이 아니라, 혹시 만약에 ─ 그렇더라도

매장 시키기 위해서가 아니라, 살아서 제 품에 안기기 위해서지요.

자, 꽃을 받으세요. 제가 성령 강림절 목가극에서 보았던 대로

흉내를 내었나 봐요. 분명 제가 입은 이 옷이 제 기분을

그렇게 바꾸어 놓았어요.

플로리젤   그대가 하는 짓은   135

---

51. 사이세리아 신: 비너스(아프로디테) 신의 성이 사이세리아임. 사이세리아 섬 근처
    에서 너울대는 파도에서 태어났다고 함.

52. 푀비스 신: 태양 신인 아폴로를 말함.

53. 앵초 꽃: 앵초 꽃의 일종인 눈동이 나물(cowslip)보다 훨씬 장대한 앵초 꽃(oxlip).

54. 왕관초: 왕관초(the crown imperial)는 1597년 콘스탄티노플에서 새로 수입된 꽃으
    로 키가 크고 노란색의 꽃의 자태가 아름다워 런던 정원 곳곳에 널리 퍼졌음.

55. 붓꽃: 붓꽃(flower-de-luce, iris). 백합과 구별하여 정원의 귀부인으로 불림.

이전에 했던 짓보다 훨씬 더 좋아요. 그대가 말을 하면, 아가씨,

영원히 말을 계속해 주었으면 하고 바라게 되고, 그대가

노래를 하면, 나는 그대가 물건을 사고 팔 때도 노래로 하고,

적선을 할 때도 기도를 할 때도 노래로 해 주었으면 하고,

140   집안일을 시킬 때 역시 노래로 해 주었으면 하고 바란다오.

그대가 춤을 추면, 나는 그대가 바다의 파도였으면 하고 바라고,

그대가 아무것도 하지 않고, 영원히 춤만 추고, 그래서

언제까지나 다른 일은 하지 않고 그렇게 움직이기만을 바라게

된다오. 매사 그대가 하는 일은 유일하고 독특해서

145   눈앞의 그 어떤 행동들보다도 월등하니, 그대의 모든 행위는

왕비의 면모를 갖춘 것이오.

퍼디타   오, 도리클레스[56] 님,

도련님의 칭찬은 너무 과분하세요. 도련님의 젊음과

그 젊음을 통해 순수하게 엿보고 있는 진정한 혈통이

도련님을 때 묻지 않은 양치기의 모습으로 보이게

150   해서 망정이지, 도련님이 저에게 거짓으로 유혹한다고

경계를 했을 것이에요.

플로리젤   나는 그렇게 할 생각이 거의

없으니, 그대는 아무 두려워할 것이 없소. 그건 그렇고

자, 우리 춤이나 춥시다, 자 손을 이리 주세요, 내

사랑하는 퍼디타. 평생 절대로 떨어질 줄 모르는 호도애[57]

---

56. 도리클레스: 신분을 감춘 플로리젤이 사용한 가명임.

57. 호도애: 암수가 사이가 좋기로 유명한 새(turtledove).

한 쌍처럼 춤을 춥시다.

퍼디타   저도 호도애 한 쌍에 두고 맹세해요.   155

폴릭세네스 이 아이야말로 시골 풀밭에서 뛰놀던 미천한 태생의
처녀치고는 더 없이 아름답소. 이 처녀의 행동거지며 자태는
이런 촌에서 살기에 너무 고귀해서 그 신분보다 훨씬
높은 무슨 사연이 있는 듯하오.

카밀로   동궁께서 무어라 하셨는지
저 처녀의 얼굴이 빨개지는군요. 참으로 저 처녀는   160
오월제의 여왕이옵니다.

클로운 자, 풍악을 울려라!

도르카 몹사가 당신의 짝이어야 해요. 저런 저 여자와 입을
맞출 때 입 냄새를 없애려면, 마늘을![58]

몹사 아니, 뭐가 어째?   165

클로운 조용, 입 다물어! 우리 체통 좀 지키자고.
자, 풍악을 울려라!

[음악 연주] 여기서 남녀 양치기들이 짝을 지어 춤을 춘다.

폴릭세네스 이보시오, 양치기 어르신, 저기 잘 생긴 청년은 누구요,
당신 딸과 춤을 추는 사람 말이오.

양치기 사람들은 그를 도리클레스라고 부른답니다. 엄청난 목장을   170
가지고 있다고 자랑이 대단한데, 저도 그가 직접 자랑하는

---

58. 저런 여자와 입을 맞출 때 입 냄새를 없애려면 마늘을: 마늘은 냄새가 독하지만,
저런 하층민 여자의 입 냄새는 더 독해서 마늘로 입가심을 해야 한다는 뜻임.

소리를 들었으니, 그런 줄로 믿고 있답니다.

믿을만한 청년 같아요. 제 딸을 사랑한다고 말하는데,

제가 봐도 그래요. 물에 비친 자신의 모습을 지켜보는

달님도 그 청년이 가만히 서서 제 딸의 눈을 쳐다보는

모습과 비교가 되지 않으니까요. 그리고 솔직히 말씀드려,

두 사람은 서로를 지극히 사랑해서 누구의 입맞춤이

더 애절한지를 구별할 길이 없답니다.

폴릭세네스   따님은 춤도 잘 추네요.

양치기 뭐든지 다 잘 하지요, 이런 말은 내가 직접 해서는 안 되고,

입을 다물고 있어야 하지만요. 만약 도리클레스 도련님이

제 딸을 무심히 간택한다면, 도련님이 꿈도 꾸지 못했던

행복을 가져다 줄 것입니다.

하인 등장.

하인 오, 주인님! 문 앞에 와 있는 방물장수의 노래를 들으시면,

소고와 피리 반주로는 절대로 춤을 추지 않으실 걸요. 백파이프

반주가 나와도 꼼짝하시지 않으실 거예요. 그 자는 여러 가지

음조의 노래를 부르는데, 주인님이 돈 세는 것보다 더 빨리

부른답니다. 민요도 집어 삼킨 듯이 내 뱉고 있어서요, 사람

들이 모두 그의 노래에 귀를 기울이고 있답니다.

클로운 아주 딱 맞추어 도착했군. 안으로 모시도록 하게. 나는 민요라면

사족을 못 쓰거든, 슬픈 곡조를 흥겹게 부르거나, 아니면

아주 유쾌한 곡조를 구성지게

부르면 말이야.

하인 그 자는 남자 노래든 여자 노래든, 모든 길이의 노래든 다 불러요. 그 어떤 장수도 그의 손님들에게 꼭 맞는 장갑을 구비해 놓지 못 한답니다. 처녀들에게 더 없이 아름다운 사랑가를 불러 주는데요, 195 (이상하게도) 음탕한 구절을 없애고, 자위용 연장이니, 기절 춤이니, 그 여자 위로 올라타라느니, 떡을 치라는 간지러운 후렴이 반복 된답니다.

그래서 어떤 입심 걸쭉한 무뢰한이 개구진 장난기로, 원 가사에 음탕한 내용을 끼워 넣으려고 들면, 그 자는 처녀들에게 이렇게 대답하게 한답니다. '어머나, 이러지 마세요, 신사 나리', 이렇게 200 답하며 그에게 면박주고 무시해 버리지요, '어머나, 이러지 마세요, 신사 나리.'

폴릭세네스 거 참 멋진 친구로다.

클로운 확실하군, 존경할만한 재주가 있는 사람임에 틀림없어. 그 자가 무슨 신상품[59]이라도 가지고 있더냐? 205

하인 일곱 빛깔 무지개 색 리본들도 다 있고요, 장색 매듭은 보헤미아 천지의 변호사들이 다 몰려와 온갖 법률 지식들을 총 동원해 따져도 처리할 수 없을 만큼 많답니다. 린넨 실, 털 실, 흰 삼베 손수건, 아마포 속옷들도 있어요. 왠지, 그 자는 마치 그것들이 남신이나 여신들의 이름이라도 되는 양 노래로 210 불러대는데, 그러면 여성용 속옷들이 여자 천사처럼 들린 데요. 소매장식도 가슴 장식도 그렇게 노래로

---

59. 신상품: 당시 방물장사들은 가게에서 진열되지 않은 독특한 소품들을 팔았음.

부른답니다.

클로운 그 자를 안으로 모시게, 그리고 노래를 부르면서 들어오라고 해.

215 **퍼디타** 노래를 부르면서 상스러운 가사를 붙이지 말라고 경고해

주세요. [하인 퇴장]

클로운 이들 방물장사들 중에는 네가 생각하는 것보다 훨씬 좋은 사람도

있단다, 누이야.

퍼디타 그래요, 오라버니, 아니면 그렇게 생각하고픈 사람도 있어요.

오톨리커스, 노래를 부르며 등장.

220 바람에 날려 쌓인 눈처럼 새하얀 아마포 속옷,

까마귀처럼 새까만 상장,

연분홍색 장미처럼 향기가 좋은 장갑,

얼굴용 가면과 코에 거는 반가면,

검은 염주 팔찌와 황갈색 호박 목걸이,

225 귀부인 침실용 향수,

황금빛 두건[60]과 삼각형 가슴받이는

총각들이 애인들에게 줄 선물용,

바늘과 쇠막대기 인두,

머리부터 발끝까지 처녀들의 필수품.

230 어서 와서 사세요, 어서! 와서 사세요! 어서 사!

사세요, 총각들, 안사면 처녀들이 울어요.

---

60. 황금빛 두건: 코이프스(coifs)라는 머리를 �꼭 죄는 모자의 일종.

와서 사세요!

클로운 내가 몹사를 사랑하지만 않는다면, 장사치한테 내 돈
　　　　한 푼 뜯기지 않으련만, 내 이렇게 사랑의 노예가
　　　　되었으니, 리본이며 장갑 정도는 사주지 않을 수가　　　　235
　　　　없겠구나.

몹사 축제 때까지 선물을 사준다는 약속을 받아냈지만, 지금이라도
　　　　늦지는 않았어요.

도르카 그 이가 네게 약속했던 것은 그 이상이지, 아니라면 둘 다
　　　　거짓말쟁이야.　　　　240

몹사 그 이가 네게 약속했던 것은 모두 사주었지, 그 이상
　　　　사주었을 지도 모르니, 그 것들을 그 이에게 돌려주긴
　　　　창피할걸.

클로운 처녀들 사이에는 예의범절도 없느냐? 얼굴을 내밀어야 할 곳에
　　　　맨 궁둥이를 들이밀 거야? 소젖을 짤 때나, 잠자리에 들 때,　　　　245
　　　　또는 아궁이 앞에서 그런 비밀 얘기를 속삭일 기회가
　　　　없어서 온 손님들 앞에서 그렇게 지껄여대야만
　　　　하겠어? 손님들이 귓속말을 하니 다행이다.
　　　　입 꼭 다물고, 한 마디도 더
　　　　지껄이지 마.　　　　250

몹사 알았어요. 그런데 나에게 야하고 번지르르한 레이스 장식하고
　　　　향기 나는 장갑 한 켤레 사주기로 약속했잖아요.

클로운 내 말하지 않니, 오는 길에 사기를 당해서 가진 돈을 모두
　　　　털렸다고?

255 **오톨리커스** 과연 그렇소이다, 나리. 사기꾼들이 곳곳에 깔려 있지요. 그러니
　　　　우리 모두 행동을 조심해야지요.

클로운 그런 걱정 마시게, 여기서는 잃을 것이 아무것도 없으니.

오톨리커스 저도 그러길 바래요, 나리. 나에게는 값나가는 물건들이
　　　　많으니까요.

260 **클로운** 뭘 가지고 왔소? 민요?

몹사 제발 좀 사주세요. 난 인쇄된 민요가 좋아요, 인쇄된 민요는
　　　　그 내용이 실화일 테니까요.

오톨리커스 여기 한 곡 있소, 매우 슬픈 곡조인데, 어느 고리대금업자의
　　　　마누라가 한 번에 돈 자루를 스무 개를 낳고, 독사
265 　　　　대가리와 두꺼비들을 토막 내어 달여 먹고 싶어
　　　　했다는 내용이랍니다.

몹사 실화라고 생각하세요?

오톨리커스 실화지요, 불과 한 달 전에 있었던 일이랍니다.

도르카 부디 고리대금업자와는 결혼하지 않게 해주옵소서!

270 **오톨리커스** 여기 산파 이름까지 있네요, 왕수다 마님이고, 그 때
　　　　대여섯 명의 정직한 아낙네들도 그 자리에 있었답니다.
　　　　제가 뭐 하러 거짓말을 하고 다니겠어요?

몹사 제발 이것 좀 사주세요.

클로운 자 그럼, 이건 옆으로 빼 놓고. 우선 민요 좀 더 봅시다.
275 　　　　곧 다른 민요도 살 테니까.

오톨리커스 여기 물고기에 관한 다른 민요가 하나 있는데, 그 물고기는
　　　　사월의 제 팔십일 되는 수요일에, 사만길이나 되는 바다 속에서

해변으로 올라와서, 매정한 처녀들에게 경고해 주기

위해 이 민요를 불렀대요. 원래 그 물고기는 처녀였는데,

그 처녀를 사랑했던 남자와 살을 섞기를 거절한 탓으로   280

싸늘한 물고기로 변했다고 합니다. 이 민요도 매우 구슬픈

곡조이고, 모두 실화랍니다.

도르카 그것도 실화 맞아요?

오톨리커스 판사 다섯 명의 친필 서명에, 증인은 넘쳐서 내 상자에

다 못 들어갈 정도지요.   285

클로운 그것도 옆으로 빼놓고, 또 다른 것을 봅시다.

오톨리커스 이것은 매우 흥겨운 민요이고, 아주 아름다운 곡조지요.

몹사 흥겨운 민요들도 좀 삽시다.

오톨리커스 그래요, 이건 엄청나게 흥겨운 민요인데, '한 남자를

유혹하는 두 처녀'라는 곡이지요. 서쪽 지방에서는   290

이 노래를 부르지 않는 처녀를 찾기 힘들 정도랍니다.

정말이지 주문이 엄청난 민요지요.

몹사 우리 둘이 그 노래 부를 수 있어요. 당신이 한 파트

맡아 주시면, 불러 드릴게요, 삼중창 곡이에요.

도르카 우리는 한 달 전에 그 노래를 배웠어요.   295

오톨리커스 제가 한 파트 맡지요. 이것도 제 직업이라는 것을

아셔야 합니다. 어디 함께 해봅시다.

노래한다.

오톨리커스   *나가주오, 나는 가야만 하니까*

	너희가 알아서는 안 되는 곳으로
도커스	어디로?
몹사	오, 어디로?
300 **도커스**	어디로?
몹사	맹세를 끝까지 지키는 건,
	네 비밀을 내게 말해주는 것.
도커스	나도 거기에 가게 해줘.
몹사	네가 가는 곳이 농장이든 방앗간이든.
305 **도커스**	어디로 가든, 못된 짓을 할 테지.
오톨리커스	어느 곳도 아니라네.
도커스	어느 곳도 아니라고?
오톨리커스	어느 곳도 아니라네.
도커스	너는 맹세했었지 내 사랑이 되겠다고,
몹사	너는 맹세했었어 그보다 더한 것도 되겠다고
	그래놓고 어디로 간다고? 어디로 가는지 말해?

310 **클로운** 좀 있다가 우리끼리 이 노래를 끝까지 불러 보도록 하자. 우리
아버지와 저 신사분들이 무슨 심각한 이야기를 하고 계시니,
방해하지 말자. 자, 짐 보따리를 가지고 나를 따라오게.
이 년들아, 내 너희에게 둘 다 사줄게. 방물장수, 처음에
골랐던 것을 주시오. 너희들은 나를 따라와.

[도커스와 몹사와 함께 퇴장.]

315 **오톨리커스** 계집애들 때문에 돈 푼깨나 쓰게 해야겠다.

노래

어떤 장식용 끈을 사실 거죠?
어깨 망토용 레이스요,
고상한 아가씨, 우리 아가씨?
어떤 비단이요, 어떤 실이요,
어떤 머리 장식품을 사실 거죠?   320
모두 다 최신품이고, 최고급 용품이랍니다.
방물장수에게 오세요,
돈이란 간섭꾼이라,
인간 만사에 유통된다네.   퇴장.

하인 등장

하인 주인님, 짐 마차꾼 세 명과 양치기 세 명, 그리고 소치기 세 명과   325
돼지치기 세 명이 왔는데요, 모두 털가죽을 뒤집어쓰고는, 자신들을
반인반수의 사티로스 신이라고 부르면서, 한바탕 춤판을
벌이겠다고 합니다요. 계집애들은 그 춤판이 펄쩍펄쩍 뛰기만 하는
난장판이라네요, 자기네들이 그 춤판에 끼지 않았기 때문에요.
그렇지만 그 사람들은 (볼링 놀이밖에 모르는 사람들에게는   330
너무 과격할지는 몰라도) 그 춤판이 매우 흥겨울 것이라고
우긴답니다.

양치기 내 쫓아라! 아무도 좋아하지 않는다. 촌스런 광대놀음은 실컷
보았다. 잘 알고 있습니다요, 나리, 두 분께서 식상하셨지요.

335 **폴릭세네스** 주인장께선 우리를 즐겁게 해주려고 온 사람들에게 싫증을 내
시네요. 어디 가축치기 세 명씩 네 패가 준비한 춤판을 봅시다.

하인 그 중 한 패는요, 나리, 자기네들 말로는, 임금님 앞에서도
춤판을 벌였다고 합니다요. 세 명 중 가장 못 추는 자도
자로 잰 듯이 정확하게 열 두자 반을 뛰어 오른다고
340 합니다요.

양치기 그만 지껄이고, 이 분들께서 좋다고 하시니, 들여보내라, 지금
즉시 말이야.

하인 웬걸요, 이미 문 앞에서 대기하고 있답니다요, 주인님.

열두 명 반인반수 차림을 한 사람들이 춤판을 벌인다.

폴릭세네스 오, 노인장, 그 일에 대해서는 나중에 더 알게 되실 거요.
345 [카밀로 경에게] 이거 너무 지나친 거 아니오? 이제 그만
헤어질 때가 되었소. 순박한 노인이라 말이 너무 많군.
[플로리젤에게] 이보게, 미남 양치기! 자네의 가슴에는
뭔가 꽉 차있어서, 축제는 안중에도 없구만. 사실,
나도 젊었을 때, 자네처럼 사랑에 빠져서, 내 연인에게
350 자질구레한 장신구들을 마구 사주곤 했다네.
방물장수의 비단 옷감들을 통째로 강탈해서,
애인 앞에 쏟아 놓고, 마음대로 골라 가지라고 하고
싶었다네. 그런데 자네는 방물장사를 그냥 보내고,
아무것도 사지 않았구만. 만약 자네의 애인이 잘못
355 해석해서 자네에게 애정이 부족하다든가, 또는 인색하다고

한다면, 답변이 옹색하겠네. 적어도 자네가 자네 애인을
행복하게 해주고 싶다면 말이야.

플로리젤 어르신, 제 애인은 그런
자질구레한 것들을 보상으로 여기지 않는답니다. 제 애인이
내게 바라는 선물은 제 가슴 속에 쌓아두고 잠가 두었는데,
그 선물은 제가 이미 준 것이지만, 아직 배달하지는 않았답니다. 360
오 내 말을 들어주오, 이 어르신 앞에서 내 생명 다 바쳐
사랑한다는 것을. 이 어르신은 젊었을 때 사랑을 해 본 적이
있어 보이니까요. 내 그대의 손을 잡고 맹세하오, 비둘기의
솜털처럼 부드럽고 그리고 그것처럼 또는 이디오피아 사람의
이빨처럼 또는 북풍에 두 번이나 흩날려 정제된 흰 눈처럼 365
새하얀 손을 두고 말이오.

폴릭세네스 무슨 말이 따라 나올까?
시골 젊은이는 전부터 예뻤던 손을 얼마나 더
예쁘게 하려는가! 내 자네 말을 막았군. 아무튼
자네의 공언을 계속하시게. 어디 자네의 공언을
들어보세.

플로리젤 들어 보시고, 사랑의 증인이 되어 주세요. 370

폴릭세네스 그리고 내 옆에 계시는 이 분도?

플로리젤 네, 그 분도요, 그리고
그 분뿐만 아니라, 모든 사람, 대지, 하늘, 그리고 삼라만상
모두 다요. 제가 가장 위세 당당한 제국의 왕관을 쓴 가장
부강한 황제가 되어도, 제가 사람들의 눈길을 끄는 가장 잘

생긴 청년이어서 그 어느 누구보다도 더 큰 힘과 지식을 가지고

있다고 해도, 저는 제 애인의 사랑이 없다면 그런 것들을 보상으로

여기지 않을 것입니다. 제 애인을 위해 그런 것들을 모두 바칠 것이며,

그것들을 모두 제 애인을 위해 쓰면 좋지만, 그렇지 않으면

모두 다 지옥에나 떨어져도 좋다는 말이지요.

폴릭세네스   멋진 제안이군.

카밀로 이는 진솔한 애정임을 보여줍니다.

양치기   하지만 내 딸아,

너도 이 사람과 같은 맹세를 하겠느냐?

퍼디타   저는 그렇게

멋진 말을, 도저히 잘 할 수 없어요. 절대로, 더 잘할

방법도 없어요. 제 자신의 생각이 미치는 대로, 그 이의

순수함을 재단할 뿐이지요.

양치기   서로 손을 잡아라, 흥정은 끝났다!

그리고 낯선 분들은 이 일에 증인이 되어 주세요.

나는 내 딸을 이 청년에게 주는 바이며, 그의 재산만큼의

지참금도 주겠노라.

플로리젤   오, 지참금은 따님의 미덕으로 충분

합니다. 어느 한 분이 돌아가시면,[61] 저는 어르신이 꿈도 꾸지

못할 만큼 큰 부자가 될 것입니다. 그 때가 되면, 어르신께서는

정말로 놀라실 것입니다. 그건 그렇고 이리 오셔서, 이 증인들

---

61. 어느 한 분이 돌아가시면: 장차 부왕인 폴릭세네스가 승하하시면 자신이 왕위를 계
   승하게 될 것이라는 뜻임.

앞에서 저희를 약혼시켜 주세요.

양치기   자, 자네 손을 주게,

그리고 딸아, 네 손도.

폴릭세네스   잠깐만, 젊은이, 잠시만, 부탁이네,

자네 부친은 살아 계신가?

플로리젤   살아 계십니다만, 무슨 일로?

폴릭세네스 이 일을 부친께서 알고 계신가?

플로리젤   모르시지요, 알리지도 않을 거구요.

폴릭세네스 내 생각에 자고로 아버지란   395

자기 아들의 결혼식에서는 그 자리에

가장 중요한 손님이시라네. 한 번 더 묻겠네만,

자네 아버님께서 합리적인 일처리를 하실 수 없을

만큼 노쇠하신 게 아닌가? 연로하시고 류머티즘으로

멍청해지신 게 아닌가? 말은 하실 수 있으신가? 귀는?   400

사람은 알아보시는가? 자신의 주장은 하시는가?

자리에 누워만 계시는 게 아닌가? 어린애로 돌아가

애처럼 행동하지는 않으신가?

플로리젤   아닙니다, 어르신.

아버님은 여전히 건강하시고, 대부분의 동년배보다

훨씬 기력이 좋으십니다.

폴릭세네스   내 흰 수염에 걸고 단언하네만,   405

사정이 그렇다면 자네는 그 분께 매우 불효가 되는

잘못을 저지르는 것이라네. 내 아들이 스스로 아내를

선택하는 일이야 당연지사겠지만, 그 아버지와도

(훌륭한 자손을 얻는 것만을 낙으로 삼으시는 바)

410 그런 중차대한 일에서는 긴밀히 상의하는 것 또한

당연지사라네.

플로리젤   모두 지당하신 말씀이옵니다만,

다른 이유가 있어서요, 어르신께 그 이유까지

말씀드릴 수는 없지만, 저는 이일을 아버님께

알려드리지 않는 것이랍니다.

폴릭세네스   아버님께 알리도록 하게.

플로리젤 알려드리지 않을 겁니다.

폴릭세네스   제발, 알리시게.

415 **플로리젤**   아니요, 안됩니다.

양치기 알려드리게, 내 사위. 자네 아버님도 자네의 선택을

아시고 슬퍼하시지는 않으실 걸세.

플로리젤   글쎄, 아시면 안 됩니다.

저희들의 약혼이나 지켜봐 주세요.

폴릭세네스   너희들의 파혼이나 봐 주마,

[자신의 정체를 드러내며]

네 놈을 감히 내 아들이라고 부르지 않겠다. 네 놈은 너무

420 야비해서 내 아들로 인정할 수도 없다. 왕의 홀을 물려받을

후계자가 양치기의 지팡이를 택하다니! 네 이놈, 늙은 역적 놈아,

네 놈을 교수형에 처해봐야 고작 일주일 밖에 네 놈의 수명을

단축시키지 못하는 것이라 유감이다. 그리고 너, 남자 홀리는

귀신같은 재주를 가진 요망한 년아, 필경 이 어리석은 놈이

왕족임을 알고도 꼬리를 쳤으렸다, ─

양치기   오, 맙소사!   425

폴릭세네스 내 찔레나무 가시로 네년의 반반한 얼굴을 긁어서

네 천한 출신보다 더 흉측한 꼴로 만들어 줄 테다.

그리고 너, 멍청한 놈아, 앞으로 이 천한 계집을

더 이상 볼 수 없게 되었다고 (절대로 다시는 못

보게 될 것인 만큼) 한숨짓는 꼴을 내가 알게 된다면   430

과인은 네 놈에게 왕위를 물려주지 않을 것이며,

네 놈을 과인의 혈통으로 여기지도 않을 테고,

듀켈리언 조상[62]까지 거슬러 올라가, 과인과의

혈연관계를 끊을 테다. 내 말을 명심해라!

과인을 따라 궁으로 돌아가자. 너 이 촌뜨기야,   435

과인의 심사가 몹시 뒤틀린다만, 이번만은 사형을 면해주마.

그리고 너, 이 요망한 년아, ─목동의 아내감으로는 충분하다,

그래, 이 멍청한 놈의 아내감으로도 훌륭하다만, 왕가의 체면상

인정할 수 없다. 앞으로 행여 네 년이 이놈을 맞아들이기 위해

이 초가집의 빗장을 푼다거나, 포옹하며 이놈의 몸을 묶어 둔다면,   440

과인은 네 연약한 몸으로는 감당치 못할 만큼 잔혹한 죽음의 형벌을

내릴 것이다.   퇴장.

퍼디타   여기서 만사끝장 났지만,

---

62. 듀켈리언 조상: 듀켈리언은 노아에 해당하는 인물이므로, 폴릭세네스는 자신의 아
    들을 파문하겠다는 뜻임.

소녀는 크게 두렵지는 않사옵니다. 왜냐하면 한 두 차례
소녀는 말씀을 드리려 했었지요, 전하께 솔직하게요,

445 전하의 궁전을 비추어 주는 저 똑같은 해가 저희
오두막에도 그 모습을 감추지 않고, 똑같이 비추어
주고 있다고요. 왕자님, 제발 떠나주시겠어요?
제가 이런 일이 닥칠 것이라고 왕자님께 말씀드렸지요.
바라옵건대, 왕자님의 고귀한 신분을 돌보시옵소서.

450 소녀의 꿈은—이제는 깨어난 만큼, 소녀는 더 이상 왕비의 꿈을
꾸지 않고, 양젖이나 짜면서 눈물로 참회하겠습니다.

카밀로   왜 그러시오, 노인장!
죽기 전에 한 말씀 하시지요.

양치기   말도 안 나오고, 생각도
못하겠고, 제가 알고 있는 것조차 감히 안다고 하지
못하겠소. 오 왕자님! 왕자님께서 조용히 무덤 속으로

455 들어가려 했던 여든 세 살 먹은 노인의 신세를 망쳐
놓았소. 그래요, 제 부친께서 돌아가신 그 침대에서
숨을 거두어서, 성실하게 사셨던 아버님의 유골 옆에
나란히 누우려고 했건만. 이제 어느 교수형리가 내게
수의를 입히고, 흙을 덮어주실 신부님도 없는 곳에 묻히게

460 되었습니다. 오 이 망할 년아, 이 분께서 왕자님이란 걸
알면서도, 감히 왕자님과 사랑의 맹세를 나누었단 말이냐!
망했다! 망했어! 만약 내가 한 시간 전에만 죽었어도, 내
천수를 누리고 죽는다고 했을 텐데.   퇴장.

플로리젤　　　　　　　　　　왜 나를 그렇게 노려보시오?

유감이기는 하지만 나는 두렵지 않소. 지연될지언정,

아무것도 바뀐 건 없소. 과거의 나도 오늘의 나도 똑같소.　　465

뒤로 잡아당길수록 더 멀리 앞으로 나갈 것이니, 목줄에

끌려서 억지로 따라가지는 않을 것이오.

카밀로　　　　　　　　　　　자비로우신 동궁마마,

마마께선 전하의 성질을 알고 계십니다. 당장은

전하께서 어떤 말도 듣지 않으실 것이고 (제 추측으로는

동궁마마께서도 그러실 의향이 없으실 것이오며) 또 동궁의　　470

모습을 보려고도 하지 않으실 것인 만큼, 걱정스럽긴 합니다만,

전하의 노여움이 진정될 때까지 전하의 근처에서

얼쩡거리지 마시옵소서.

플로리젤　　　　　　　나도 그럴 생각이 없소.

내 생각에─카밀로 경이시오?

카밀로　　　　　　　　그러하옵니다, 동궁마마.

퍼디타 이렇게 될 거라고 그토록 자주 말씀드렸건만,　　475

이 일이 세상에 알려질 때까지만 내 품위가 유지될 거라고

그토록 자주 말씀드렸건만!

플로리젤　　　　　　　내가 사랑의 맹세를 깨지

않는 한, 이 일은 실패한 게 아니오. 맹세가 깨지는 날엔

대자연이 지구의 옆구리를 박살내어 그 속에 든 만물의

씨를 말려버려라! 고개를 드시오.　　480

아바마마, 소자의 왕위계승권을 박탈해 주시옵소서,

소자는 사랑의 후계자가 되겠나이다.

카밀로   심사숙고하시옵소서.

플로리젤 하고 있소. 내 사랑을 걸고. 만약 내 이성이 내 사랑에
복종하겠다고 한다면, 나는 이성을 따르겠소만, 만약
485 그렇지 않다면, 내 감정은, 광기와 더 어울린 만큼,
광기를 환영해마지않을 것이오.

카밀로   무모하십니다, 동궁마마.

플로리젤 상관없소. 그것이 나의 맹세를 지키는 길이니,
나는 그것이 솔직한 것이라고 생각할 뿐이요. 카밀로 경,
보헤미아 조국을 위해서도 아니고, 거기에서 누릴 수도 있는
490 화려함을 위해서도 아니라오. 태양이 굽어보는, 또는
꽉 닫힌 대지가 배태하고 있는, 또는 깊은 바다가 끝없는
심연에 감추고 있는 모든 것을 위해, 여기 나의 사랑하는
애인에게 한 나의 맹세를 내가 깨겠소? 그러니, 부탁하오,
귀경은 아바마마께서 아끼시는 분이시니,
495 아바마마께서 나를 찾으실 때, ─맹세코 내 아바마마를 더
이상 뵙지 않을 것인 만큼, ─귀경의 훌륭한 충언으로
아바마마의 노여움을 진정시켜 주시오. 앞으로는 내
스스로 내 운명을 끌고 나가겠소. 이 점만은 경께서
아셔도 좋고, 또 그리 전달해도 좋소만, 나는 바다로
500 갑니다, 여기서는 내가 데리고 살 수 없는 애인과 함께.
이 계획을 위해 미리 준비해 둔 것은 아니오만,
마침 가까운 항구에 정박 중인 배도 한 척 있다오.

내가 어디로 갈지는 경이 알아서 이로울 것이

없을 것인즉, 나로서도 알려드리지

않겠소이다.

카밀로   오 동궁마마,   505

마음을 편히 잡수시고 충고를 받아들이시든가, 아니면

좀 더 굳세게 역경을 헤쳐 나가시옵소서.

플로리젤   들어봐요, 퍼디타.

[퍼디타와 한쪽으로 물러선다.]

[카밀로에게] 내 잠시 후에 경의 말을 듣겠소.

카밀로   확고부동하시어,

기어이 도망가시려는 구나. 지금 내가 행복하련만, 만약에

내 목적을 달성하기 위해, 동궁마마가 도망가시는 길을 내가   510

도와서 동궁을 위험에서 구하고, 동궁에게 사랑과 충성을

바치고, 그리운 나의 조국 시실리아와 나의 주군이시며,

내가 그토록 뵙고 싶어해온, 저 불행한 주상 전하를 다시

보게 된다면 말이야.

플로리젤   자, 충직한 카밀로 경.

내가 챙겨야 할 일들이 너무 많아서 작별의 인사도   515

못 나누고 떠나야겠소.

카밀로   동궁마마, 소신은

부족하나마 주상 전하를 충정으로 보필해왔다고

자부하는 데, 그 소문을 들으셨는지요?

플로리젤   경은 충신으로

대우 받을 만 하오. 아바마마께서는 노래하시듯 경의

520 공적들을 말씀하시고, 그에 대한 적절한 보상을 하시기

위해 숙고하시는 만큼 적지 않은 신경을 쓰고 계신다오.

카밀로　　　　　　　　　　　　　　　　자, 동궁마마,

만약 동궁마마께서 소신이 전하를 경애하옵고, 전하와 가장

가까운 분이신 동궁마마까지 경애한다고 생각하신다면, 제

지시를 따라 주세요, 동궁마마께서 이미 심사숙고 하시어

525 결정하신 그 계획을 바꿀 수도 있다면 말입니다. 소신의

명예를 걸고, 소신은 동궁마마를 신분에 걸맞은 대접을

받을 수 있는 곳으로 안내할 것이며, 그 곳에서 동궁마마

께서는 애인과 함께 편안히 지내실 수 있으실 것이옵니다.

소신이 보기로, 동궁마마께서 애인과 헤어지시게 된다면,

그것은─당치도 않습니다만!─동궁마마께서 파멸하시는

530 것입니다. 애인과 결혼을 하세요, 그리고 동궁마마께서

안 계시는 동안 소신은 최선의 노력을 다해서 진노하신

전하의 노여움이 풀어 드리고 전하께서 동의하시도록

해 보겠습니다.

플로리젤　　　　　무슨 수로, 카밀로 경,

535 거의 기적 같은 그런 일이 성사된단 말이요?

그렇게만 해 주신다면 나는 경을 인간 이상의

존재라고 부르고, 경을 신뢰하며 따르겠소.

카밀로　　　　　　　　　　　　가실 장소는

생각해 두셨는지요?

플로리젤　　　　　아직 장소까지는 생각하지 못했다오.

하지만 생각지도 못했던 일이 터져 이렇게 허둥대게

된 만큼, 우리는 스스로 운명의 노예가 되어, 바람　　　　　540

부는 대로 정처 없이 떠날

작정이라오.

카밀로　　　　　그러시면 소신의 말씀을 들으소서.

동궁마마께서 떠나겠다는 결심을 바꾸지 않으시고, 기어코

떠나시겠다면, 이렇게 하옵소서. 시실리아로 가시어, 거기에서

동궁마마와 동궁비께서 (동궁비가 되실 수밖에 없을 듯하오니)　　545

레온티스 왕을 알현하세요. 애인께서는 동궁의 반려자에

어울리는 복장을 갖추시도록 준비하겠사옵니다. 소신의

눈에 선하옵니다. 레온티스 왕께서 두 팔을 벌리고 회한의

눈물을 흘리며 두 분을 환영하시는 모습이요. 그리고 그

자리에서 '왕자, 용서를 비네!'라고 하시며, 부왕 전하께서　　　550

직접 오신 듯이, 동궁비의 손에 입을 맞추시고, 과거의

무례함과 현재의 친절함 사이를 거듭해서 오락가락하면서,

과거의 무례함에는 저주를 퍼붓고, 현재의 친절함에는

생각이나 시간보다도 더 빨리 자라나기를 기원하는

모습이 말씀이옵니다.

플로리젤　　　　　존경하는 카밀로 경,　　　　　555

무슨 연유로 알현하게 되었는지에 대해 그 분 앞에서

내가 뭐라고 해야겠소?

카밀로　　　　　부왕 전하께서 시실리아 왕께

문후를 여쭙고 위안을 드리기 위해 보냈다고 하옵소서.

동궁마마, 그 분을 알현하는 예절이며, (부왕 전하의 사절

560 이신 만큼) 무슨 말씀을 전해야 할지는 우리 세 사람이 서로

입을 맞추어야 하므로, 소신이 모두 적어 드리겠사옵니다.

어느 대목에서 무슨 말씀을 하셔야 하는지 적혀 있는 대로만

말씀하시면, 시실리아 왕께서도 동궁마마께서 부왕 전하의

분부를 받아 부왕의 뜻을 전해드린다고 생각하지 않으실 수

없을 것이옵니다.

565 **플로리젤**   내 경만 믿겠소.

경의 말을 들으니 생기가 도는 듯하오.

카밀로   훨씬 더 보장된 길이지요,

뱃길도 없는 망망대해에, 꿈에도 보지 못한 해안에 뛰어

드시어, 비참한 꼴을 당하실 것이 확실한 동궁마마의

무모한 계획보다는요. 한 가지 비참한 꼴에서 벗어나시면,

570 또 다른 비참한 꼴을 당하실 뿐 아무런 희망도 없으실

것입니다. 확실하게 믿으실만한 것이라곤 닻 이외에 아무

것도 없는데, 그 닻도 동궁마마께서 머물러 계시고 싶지

않은 곳에 정박케 해줄 뿐이지요. 게다가 동궁마마께서도

잘 알고 계시다시피, 번영은 사랑을 맺어주는 끈이오니,

575 그 사랑의 신선한 안색과 마음도 모두 역경에 처하면

변하는 법이랍니다.

퍼디타   그 중 하나는 사실입니다.

소녀 생각에 안색은 역경에 굴복할 수도 있지만,

마음은 변하지 않을 것입니다.

카밀로 　　　　　　　　그래요? 정말이요?

부왕 전하의 집안에서 앞으로 칠 년 동안 저만 하신

분이 태어나시지 않을 것입니다.

플로리젤 　　　　　　충직하신 카밀로 경,　　　　　580

내 애인은 우리보다 신분이 뒤처지지만, 앞선 교양을

갖추고 있다오.

카밀로 　　　　교육을 덜 받았다고 해서 측은하게 여길

분이 아니십니다. 대부분의 사람들을 가르치실 만한

규수이시기 때문이지요.

퍼디타 　　　　용서해 주십시오, 그리 말씀

하시니 감사하오나 부끄럽사옵니다.

플로리젤 　　　　나의 어여쁜 퍼디타!　　　　585

그러나 오, 우리는 지금 가시밭길에 서 있소! 카밀로 경,

부왕 전하를 구해주시고, 이제 나를 구해주시니,

우리 집안의 주치의요, 이제 우리는 어떻게 해야 하오?

보헤미아의 왕자다운 복장도 하지 않았고,

이대로 시실리아에 나타날 수도 없으니.

카밀로 　　　　동궁마마,　　　　590

그 점은 걱정하지 마소서. 아시다시피 소신의 모든 재산이

그 곳에 있사옵니다. 왕자로서 갖추셔야 할 것을 소신이

준비하도록 하겠사옵니다. 동궁마마께서 출연하시는 연극이

소신의 작품인 것처럼 말씀입니다. 예를 들어, 동궁마마,

부족하실 것이 없다는 것을 아셔야 하니, ─ 한 말씀 드립니다.

[한쪽으로 물러나 이야기한다.]

오톨리커스 등장.

오톨리커스　하, 하! 정직이란 참으로 바보구나! 그리고 정직의 의형제인

신뢰도 매우 멍청한 신사로다! 내 싸구려 물건들을 몽땅 팔

아 치웠도다. 가짜 보석이며, 리본도, 거울도, 옷장용 향료도,

브로치도, 수첩도, 민요집도, 칼도, 장식용 띠도, 장갑도,

구두끈도, 팔찌도, 뿔 반지까지 몽땅 팔아 치웠더니 내 보따리가

단식한 듯 홀쭉해졌구나. 사람들이 먼저 사겠다고 달려

들었지, 마치 내 자질구레한 상품들이 성스러운 것들이어서

사는 사람들에게 복이라도 가져다주는 줄 알고. 그 사이에

나는 누구의 지갑이 가장 두툼한 지 눈여겨 보아두었고,

보아 둔 것을 내 잘 쓰기 위해서 기억해 두었어. 내 촌뜨기

놈은 (분별 있는 사람이 되기에는 뭔가 부족한 놈이라) 촌년

들의 노래에 홀딱 반해서, 노래 곡조와 가사를 다 들을 때

까지 족발 하나 꼼짝 않고 버티고 있는 바람에, 나머지 무리의

사람들까지 내게 몰려들어 정신 줄 빼놓고 귀를 기울였어.

모두들 무아지경이어서, 마음만 먹으면 치마 속주머니도

훔칠 수 있었을 정도였으니, 앞주머니에서 지갑을 훔치는

것쯤이야 식은 죽 먹기였지. 내가 음조를 바꾸어서 돌림

노래로 했더니, 모두들 듣지도 느끼지도 못하고, 내 촌뜨기

놈의 노래에만 열중하더군. 그렇게 모두들 황홀경에 빠져
있을 때 나는 그자들이 축제에서 쓰려고 차고 나온 돈   615
주머니를 대부분 슬쩍 훔쳤어. 그래서 그 늙은이가
자기 딸과 왕자의 일로 다가와서 옥신각신 하는
바람에 여물에 모여든 내 까마귀 떼를 쫓아내지만
않았던들, 지갑이란 지갑은 하나도 남기지 않고
훔쳤을 텐데.   620

            카밀로 경, 플로리젤 왕자와 퍼디타가 앞으로 나온다.

카밀로 아닙니다, 하오나 소신의 편지가 두 분이 도착하실 때에
    맞추어 그 곳에 전달되면, 그런 의심은 풀릴 것이옵니다.
플로리젤 그리고 경이 레온티스 왕으로부터 주선한 사람들은요?
카밀로 부왕 전하를 흡족하게 해드릴 것이옵니다.

퍼디타   축복 받으시기를!
    경께서 말씀하신 모든 일이 잘 풀릴 것 같습니다.
카밀로 [오톨리커스를 보고]   이게 누군가?   625
    이 자를 도구로 쓰도록 할 것입니다. 도움이 된다면
    무엇이라도 다 활용해야지요.
오톨리커스 이 사람들이 내 말을 지금 엿들었다면, ―이거, 교수형이다.
카밀로 여보게, 이 사람아! 자네 왜 그리 떨고 있나? 겁낼 것 없네.
    여기서 자네를 해칠 사람은 아무도 없으니.   630
오톨리커스 소인은 그저 가난한 놈입니다요, 나리.

카밀로 그렇다면, 가만히 있게. 여기에 자네의 가난을 훔칠 사람은
아무도 없으니. 그렇지만 자네의 그 가난한 겉모양은 우리와
맞바꾸어야겠으니, 어서 옷을 벗도록 하고, ㅡ자네는 그렇게
할 만한 무슨 사정이 있나보다고 생각해 두게ㅡ그리고 이 신사
분과 옷을 바꾸어 입으시게. 신사 분 쪽에서 손해
보는 거래지만, 그래도 받게나, 덤으로 주는
것이니.

오톨리커스 소인은 그저 가난한 놈입니다요, 나리. [방백] 내 당신을
잘 알고 있다.

카밀로 아니, 부탁이니, 서둘러주게. 이 신사 분은 벌써 옷을
반이나 벗으셨네.

오톨리커스 진정이세요, 나리? [방백] 뭔가 수상한 속임수가 있군.

플로리젤 서둘러 주게, 제발.

오톨리커스 과연, 진정이시군요. 하오나 양심상 돈까지는 받을 수
없습니다요.

카밀로 허리띠를 풀게, 허리띠를.

[플로리젤 왕자와 오톨리커스가 옷을 바꿔 입는다]

복도 많으신 동궁비마마, ㅡ소신의 예언이 마마님께
실현되기를!ㅡ호젓한 곳으로 가셔서 사랑하시는
님의 모자를 받으시고 그 모자를 눈썹까지 눌러
쓰시고, 얼굴도 가리시고, 웃옷을 벗으시옵소서.
그리고 (할 수 있는 한) 마마님의 원래의 모습과는
다르게 보이시도록 하시옵소서. 그래야 (도처에

깔린 감시의 눈이 걱정인데) 발각 되지 않고

승선하실 수 있으실 것이옵니다.

퍼디타   연극이 그렇게 꾸며   655

졌으니, 저도 역을 해야겠군요.

카밀로   별 수 없사옵니다.

그쪽은 다 갈아 입으셨습니까?

플로리젤   내 지금 부왕 전하를 뵈어도

저를 아들이라고 부르지 않으실 겁니다.

카밀로   아니, 모자를 쓰시면 안 됩니다.

                    [모자를 퍼디타에게 준다]

이리 오세요, 마마님. 잘 가게, 자네는.

오톨리커스   안녕히 계세요, 나리

플로리젤 오, 퍼디타, 우리 둘이 깜빡 잊은 것이 무엇이오?   660

부디, 한 마디만. [둘이 한쪽으로 물러난다]

카밀로 내가 다음으로 할 일은, 두 사람의 도피와 행선지를

전하께 말씀드리는 일이다. 그렇게 해서 내가 바라는

것은 전하께서 두 분 뒤를 쫓아가게 하는 일이다.

그리되면 나는 전하를 수행하여 시실리아를 다시   665

볼 수 있을 것이다. 님을 그리워하는 여인처럼

내가 간절히 보고 싶어 하던 시실리어를.

플로리젤   행운이여 우리에게!

자 그럼 카밀로 경, 우리는 해변으로 가겠소.

카밀로 빨리 서두르실수록 더 좋습니다.

670 **오톨리커스** 듣고 보니 무슨 일을 꾸미는 지 알만하군. 열린 귀와 예리한
눈, 그리고 민첩한 손이 소매치기에는 필수적이지. 그리고
예민한 코도 필요해, 다른 감각을 위해 작업의 냄새를 맡아
줘야 하니까. 요즈음은 부정한 놈들이 잘 나가는 시절인가
보다. 덤을 받지 않았어도 이런 교환이라면 횡재한 셈이야!

675 그런데 좋은 옷과 바꿔 입고, 덤까지 듬뿍 받다니! 천지신명
들께서 올해에는 우리를 눈감아 주시는 게 확실하니, 닥치는
대로 해먹는 게 수다. 왕자님께서도 이제 막 불법 행위를
자행하시려나 보다(꽁무니에 계집까지 달고 부왕 전하로부터
몰래 도망치려 하니). 내 비록 이 사실을 임금님께 알려

680 드리는 것이 정직한 사람이 마땅히 해야 할 일이라고 생각은
하지만, 그렇게 하지 않을 테다. 내가 이런 일을 덮어 두는
편이 더 불한당다운 일이고, 그래야 내가 내 직업에 걸맞은
사람이 될 터이니.

클로운과 양치기 등장

옆으로 비켜서자. 여기 잔머리를 굴려야 할 일감이 또 오는구나.

685 골목 길 끝이든, 상점이든, 교회든, 법정이든, 교수형 집행장이든,
조심성 있는 사람에게 일거리가 굴러오는 법.

클로운 보세요, 봐. 이제 정신 좀 차리세요! 임금님께 그 애가 바꿔치기 한
애라는 사실을 말씀드리는 길 밖에 달리 방법이 없어요. 그러니

아버지의 피와 살과는 아무런 상관이 없다고요.

양치기 아니다, 내 말을 들어봐. 690

클로운 아니에요, 내 말을 들어 보세요.

양치기 그럼 말해 봐라.

클로운 그 애는 아버지의 살과 피가 섞인 애가 아니니까, 아버지의 살과 피가
임금님께 죄를 지은 것이 아니에요. 그러니 아버지의 살과 피가
임금님에게 처형을 당할 이유가 없지요. 그 애를 발견했을 때 695
함께 있었던 물품들을 보여 주세요(그 비밀스러운 물품들 모두요,
그 애가 지니고 있는 것만 빼고요).

그리 하시고, 법대로 하라고 하세요. 내 장담해요.

양치기 내 임금님께 모두 다 아뢸 것이야, 한 마디도 빼지 않고, 그래,
그리고 왕자님의 못된 짓도. 왕자님은 정직하지 못한 분이라고 700
내 말씀드릴 테다. 부왕 전하에게도 또 나에게도, 나를 전하의
사돈으로 만들려고 했으니 말이야.

클로운 그래요, 사돈이라니 말도 안돼요, 아버지가 임금님과 사돈이
되다니요. 임금님과 사돈이 되면, 아버지의 피는 일 온스에
내가 상상도 할 수 없을 만큼 고귀해졌을 거예요. 705

오톨리커스 [방백] 제법 똑똑하군, 순진한 촌뜨기들!

양치기 자, 임금님께 가자. 가서 이 보따리를 보여 드리면, 임금님께선
수염깨나 쓰다듬으실 게다.

오톨리커스 [방백] 이런 하소연을 늘어놓으면 우리 주인님의 도피에 무슨
방해가 될 지 내 도무지 모르겠는걸. 710

클로운 제발 임금님께서 궁전에 계셔야 할 텐데.

오톨리커스 [방백] 비록 내가 천성적으로 정직하지는 않지만, 때때로 우연히 정직해 질 때도 있지. 방물장수의 가짜 수염은 주머니에 숨기자. [그의 가짜 수염을 떼어낸다] 여보게나, 촌놈들! 어디들

715   가시는가?

양치기 황공하오나, 궁전에 갑니다요, 나리.

오톨리커스 궁전에서 볼 용무는 무엇이며, 누구와 용무가 있고, 그 보따리에 든 것은 무엇이고, 네 놈들 사는 곳은 어디이며, 성명은 무엇이고, 나이는, 그리고 재산 정도는, 그리고 출생 신분은, 그리고 기타

720   알려야 할 모든 신상을 밝혀라!

양치기 저희는 순박한 촌사람들입니다요, 나리.

오톨리커스 거짓말. 네 놈들은 거친 털북숭이들이야. 거짓말은 나에게 안 통해.

장사치들만 빼고 거짓말은 아무에게도 어울리지 않아. 장사치들은 종종 우리 같은 병사들에게 거짓말을 하지만, 우리는 장사치들에게

725   거짓말의 대가로 정식 지폐를 지불하지 칼로 찌르지 않거든, 그러니 장사치들도 우리에게 거짓말을 하지 않는 거야.

클로운 나리께서 저희에게 거짓말을 한 번 하실 뻔 하셨네요, 스스로 적시에 시정하시지

않았더라면 말씀입니다요.

양치기 황공하옵니다만, 나리는 조정에서 일하시는 조신이세요?

오톨리커스 황공하건 말건 나는 조신이네. 이 복장에서 조정의 풍모나

730   보이지

않는단 말인가? 내 걸음걸이에서 조정의 당당한 품위가 느껴지지

않는가? 내게서 풍기는 조정의 냄새를 자네 코는 맡지도 못한단
말인가? 자네의 비천함을 깔보는 내 시선에 조정의 경멸이 반영되어
있는 걸 모르겠는가? 내가 자네의 비위를 맞춘다거나 자네의 용무를
알아보려 치근댔다고 해서 내가 조신이 아니라고 생각하는가? 나는   735
머리끝부터 발끝까지 조신이고, 궁전에서 자네가 볼 일을
밀어 줄 수도, 훼방 놓을 수도 있는 사람이라네.
그런고로 내 명하노니 자네의 용무를 빠짐없이
밝히게.

양치기 제 용무는요, 나리, 임금님을 뵙는 것입니다.   740

오톨리커스 임금님께 다리를 놓아줄 관리는 있는가?

양치기 모르겠습니다, 황공하오나 나리.

클로운 다리를 놓아줄 관리를 궁전말로 꿩이라고 해요. 아무도
없다고 하세요.

양치기 아무도 없습니다, 나리. 꿩도 수탉도 암탉도 없습니다.   745

오톨리커스 이렇게 단순무식한 바보가 아니어서 얼마나 다행스러운가!
하지만 나도 이 촌놈들처럼 단순무식하게 태어날 수도 있는
만큼, 오만하게 굴지 말자.

클로운 저 분은 틀림없이 지위가 높으신 조신이세요.

양치기 저 분의 의관은 값비싼 것이다만, 입고 있는 옷태가 전혀   750
어울리지 않는구나.

클로운 별난 행색으로 보아 더 높은 분처럼 보여요. 아주 높은
사람이에요, 내가 보증해요. 이 쑤시는 것만 봐도
알겠어요.

오톨리커스 거기 보따리는? 그 보따리에 뭐가 들었느냐? 저 상자는
755
또 뭐냐?

양치기 나리, 이 보따리하고 상자에는 엄청난 비밀이 들어 있어서,
임금님말고는 아무도 알아서는 안 되는 것입니다요. 소인이
임금님께 아뢰면 한 시간 안에 임금님께서 알게 되실 것
760
이옵니다요.

오톨리커스 노인장, 헛수고를 했소이다.

양치기 왜요, 나리?

오톨리커스 주상 전하께서는 궐에 아니 계시네. 새로 만든 배를 타시고
울적한 심사를 푸시고 바람도 쐬실 겸 해서 외국에 가셨다네.
765
자네가 그런 심각한 일들을 이해할는지 모르지만, 전하께서는
비탄에 빠지셨다는 사실을 자네가 이해해야 한다네.

양치기 저도 그렇게 들었습니다요, 나리. 양치기의 딸과 결혼하겠다고
우기는 왕자님 때문에요.

오톨리커스 만약 그 양치기가 아직 체포되지 않았다면, 어서 도망치라고
770
하게. 그 자가 받게 될 저주며, 그 자가 당하게 될 고문이면
사람의 등뼈를 부숴 버리고, 괴물의 심장도 터뜨릴 테니.

클로운 정말이세요, 나리?

오톨리커스 지혜로 고안해낼 수 있는 무거운 형벌과 가혹한 복수의
고통을 받은 사람이 그 양치기 혼자가 아니라, 그의 일가
775
친척들까지 오십 번 죽이고도 모두 교수형에 처할 것이네.
매우 불쌍하게 되었지만, 그래도 어쩔 수 없는 일이지.
휘파람 불며 양이나 치던 늙은 촌놈 주제에 자기 딸을

왕실에 들어앉히려 들다니! 그런 놈은 돌로 쳐서 죽여야
한다고 하는 사람들도 있네만, 내 말은 그 정도로 죽이는
것이 그런 놈에게는 너무 약하다는 거야. 우리나라의   780
왕위를 양 우리로 끌어 내리다니! 온갖 사형도 약하고,
가장 가혹한 처형도 모자라지.

클로운 그 늙은 양치기에게 아들이 하나 있다고 하는데,
황공하옵니다만, 들으셨나요, 나리?

오톨리커스 그 양치기에게는 아들이 하나 있는데, 그 놈은 산채로   785
껍질을 벗겨서, 온몸에 꿀을 발라, 말벌 집 위에 놓아
둘 걸세. 그러고 나서 사분의 삼 정도 거의 죽을 때까지
내버려 두었다가, 독한 술이나 강력한 탕약으로 회복
시켜서, 껍질이 벗겨진 채로, 달력에 적힌 가장 뜨거운
날에 벽돌담에 세워 놓아 이글거리는 남쪽 햇볕에   790
데게 하여, 파리 떼가 쉬를 슬어 죽어가는 그 놈의
모습을 지켜보게 해줄 걸세. 그렇지만 이런 반역자
놈들 이야기를 해서 무슨 소용이란 말인가, 엄청난
죄를 지은 놈들이니 그 놈들이 비참한 꼴을 당하는
것을 보고 웃어주면 그만이지. 말해 보게 (자네들은   795
정직하고 순박한 사람들처럼 보이니) 자네들이 주상
전하께 무슨 용무가 있는지. 선심을 베풀어, 내가 자네들을
외국에 계신 전하께 데려다 주고, 전하를 알현하게 해주고,
자네들에게 편의를 봐주십사하고 전하께 귓속말로 전해 주겠네.
전하를 제외하고 자네들의 소청을 들어 줄 사람이 있다고 하면,   800

바로 여기 이 사람이 그렇게 해줄 걸세.

클로운 저 분은 권세가 크신 분인가 봐요 저 분께 가까이

가서 금덩이를 주세요. 권세란 고집 센 곰 같지만,

금덩어리에 코를 꿰어 끌려 다니기 십상이에요.

805 아버지의 지갑 속을 보여주고, 저 분 손에 쥐어

주시고, 더 이상 소란 떨지 마세요. '돌로 쳐 죽인다'

는 말과 '산 채로 껍질을 벗긴다'는 말을 기억하세요.

양치기 황공하옵니다만, 나리, 저희들을 위해 수고를 해

주신다면, 여기 제가 가진 금덩이를 드리겠사옵니다.

810 금덩이를 더 가져다 드릴 것이고, 그 때까지 이

젊은 녀석을 담보로 맡겨 두겠습니다.

오톨리커스 내가 약속한 일을 완료하고 난 이후에 말인가?

양치기 예, 나리.

오톨리커스 자, 착수금으로 절반을 내게 주게. 자네도 이 일에

815 관련되었는가?

클로운 조금이요, 나리. 하지만 제 경우는 불쌍한 처지이지만,

그 죄로 껍질이 벗겨지는 처벌은 면하고 싶습니다.

오톨리커스 오, 그것은 양치기 아들놈의 경우지. 그 놈은 교수형에

처해 본보기로 삼을 거야.

820 **클로운** 마음 편히 먹으세요! 임금님께 가서 우리가 가져온 진기한 물품들을

보여드려야 해요. 임금님께서도 그 애가 아버지의 딸도, 나의 여

동생도

아니라는 사실을 아실 거예요. 그러지 않으면 우린 끝장나요.

나리, 저도 이 노인이 드린 만큼의 금덩이를 나리께 드릴게요, 이 일이

성사되면요. 그리고 이 노인께서 말씀하신 대로, 금덩이를 나리

   께 가져다

드릴 때까지 담보로 남겠어요.   825

오톨리커스 내 자네를 믿네. 해변을 향해 먼저 걸어가게.

오른 쪽이네. 나는 볼 일 좀 보고

뒤따라가겠네.

클로운 이 분을 만나서 축복 받은 거예요, 큰 축복이라고요.

양치기 먼저 가자, 저 분이 지시대로. 저 분은 우리를 도우라고   830

하느님이 보내신 분이다.   [양치기와 클로운 퇴장]

오톨리커스 내가 정직한 사람이 되려고 마음먹어도, 운명의 여신이

나를 허락하지 않으시나 보다. 운명의 여신께서 내 입에

약탈품을 떨어뜨려 주니 말이야. 지금 두 건이 동시에

나를 꼬드기고 있어—금덩이, 그리고 내 주인이신 왕자님을   835

도와드리는 일말이야. 이 일로 내가 출세를 하게 될지,

누가 알아? 내 이 두 마리의 두더지를, 이 눈이 먼 놈들을

왕자님께 데려 가야겠다. 만약 왕자님께서 저 놈들을

다시 물으로 데려 가는 것이 맞다고 생각하시고, 저 놈들이

전하께 드리는 민원이 왕자님과는 아무 상관이 없다고 하시면   840

내가 그렇게 오지랖 넓은 짓을 한 불한당이라는 말을 들으면

그만이지. 내 그런 칭호나 거기에 딸린 어떤 치욕에도 이미 검증된

몸이니. 왕자님께 저 놈들을 데려가자. 거기서 무슨 수가 날 지도

모르니.   퇴장.

5막

1장

시실리아, 레온티스의 궁전

레온티스 왕, 클레오메네스, 디온, 폴리나, [그리고] 시종들 등장

클레오메네스 전하, 그만하면 충분하오며, 전하께서는 성인처럼
애도를 표하셨습니다. 그 어떤 과오를 저지르셨더라도,
용서받지 못할 과오는 없는 법이옵니다. 참으로 전하의
참회는 저지르신 과오에 그 대가를 초과 지불하시었고,
마침내 천지신명께서도 지난 일로 여기는 만큼, 전하께서도
이제 그 과오를 잊으시고, 스스로도 용서해 주십시오.

레온티스   과인이
왕비와 왕비의 미덕을 기억하는 한, 과인은 절대로 왕비의 미덕에
오점을 남긴 과오를 잊을 수 없으며, 과인 스스로 저지른 과오를
언제까지나 생각할 것이오. 그 과오는 너무 커서,
짐의 왕국을 이어갈 후계자마저 끊어지게 되었고,
남자에게 후손을 볼 수 있는 희망의 바탕인 사랑하는
반려자마저 죽게 된 것이오.

폴리나   그렇습니다, 확고한 진실입니다, 전하.
만약, 전하께서 온 세상 여인들 모두와 한 사람씩 결혼하신다 해도,
또는 모든 여인들로부터 장점만을 취하여 한 사람의 완벽한 여인을

만들어 내신다 해도, 전하께서 처형하신 왕비마마와는 비교도 되지 15
않을 겁니다.

레온티스   과인도 그리 생각하오. 처형했지!
왕비를 내가 죽였어! 내가 그랬소. 그렇다고 귀부인께서
내가 그랬다고 꼭 집어 몰아세우니, 귀부인의 혀에서
나오는 가혹한 말이 내 가슴을 더욱 비통하게 하오. 자,
부디 그런 말은 가끔씩 해주시오.

클레오메네스   절대로 그래서는 아니 20
됩니다, 부인. 부디 현재에 더 이득이 되고 부인의
친절함을 더욱 돋보이게 할 그런 말을 수천마디 이상
하실 수도 있을 것이오.

폴리나   경은 전하에게 재혼을 권하는
사람들 중 한 사람이군요.

디온   만약 부인께서 재혼에 반대하신다면,
나라를 걱정하는 마음도 없고, 전하의 지극히 성스러운 이름을 25
후세에 기억되게 할 마음도 없으신 것인즉, 전하께서 후사가
없으실 경우, 어떤 위험이 전하의 왕국에 들이닥쳐 올 것이며,
불안에 떠는 백성들을 집어삼킬지를 고려하지 않는 것이오.
작고하신 왕비마마께서 편안히 잠드시는 것을 기뻐하는
것보다 더 성스러운 일이 무엇이란 말이오? 왕가의 30
혈통을 회복하기 위해서, 현재의 마음의 평화를 위해서,
그리고 장래의 안녕을 위해서 전하의 침상에 아름다운
배필을 다시 맞이하시도록 해드리는 일보다 더 성스러운

일이 무엇이 있겠느냐 말이오?

폴리나　　　　　　　　　　　　승하하신 왕비마마를 경애

35　하는 것보다 더 가치 있는 것은 아무것도 없습니다. 뿐만

아니라, 신들께서도 은밀한 목적들을 반드시 실현시키실

것입니다. 신성하신 아폴로 신께서도 말씀하셨고,

또 아폴로 신의 신탁의 취지도 마찬가지였잖아요,

레온티스 왕은 잃어버린 공주를 되찾을 때까지

40　후사가 없을 것이라는 것이? 그런데 이 말은, 반드시

실현될 거지만, 우리 인간의 이성에 비추어 보면,

제 남편 앤티고너스 경이 무덤을 헤치고 다시

나에게로 온다는 것만큼이나 괴이한 말이지요.

제 남편은 맹세코 어린 공주마마와 함께 작고

45　하셨으니까요. 전하께서 신들의 뜻에 역행하시었으니,

하늘의 뜻을 어기셔야 한다고 경들은 충언하는 겁니다.

[레온티스 왕에게]

후사에 관해서는 심려 마옵소서. 왕관이 후사를 찾아낼 것입니다.

위대하신 알렉산더 대왕도 가장 훌륭하신 분에게 왕관을 물려주

셨으며,

그의 후계자는 최고의 왕처럼 되셨습니다.[63]

---

63. 위대하신 알렉산더 대왕도 가장 훌륭하신 분에게 왕관을 물려주셨으며, 그의 후계
자는 최고의 왕처럼 되셨습니다: 아마도 셰익스피어는 당시 관객들의 공통 관심사
였던 엘리자베스 여왕의 후사 문제를 빗대어 표현한 대사. 결국 처녀로 승하한 엘
리자베스 여왕의 뒤를 이어 왕위에 오른 제임스 1세 왕도 훌륭한 왕이라는 의미가
함축되어 있음.

레온티스   충직한 폴리나 부인,
부인께서는 허마이온 왕비에 대한 기억을 간직하고 있소이다.   50
왕비의 명예는 과인도 잘 알고 있소, ─오, 과인이 그 때 부인의
충고를 그대로 따랐더라면 좋았을 것을! 그랬더라면, 지금 이
순간에도, 과인은 정숙한 왕비의 영롱한 눈망울을 쳐다보고,
그 입술에서 보석을 취했을 텐데, ─

폴리나   살려두셨더라면 그 눈망울과
입술에서 취할 것이 더 풍족했을 것이옵니다.

레온티스   옳은 말씀이오.   55
그런 아내는 절대로 없을 것인즉, 재혼하지 않겠소. 그보다 못한
아내를 얻어, 그보다 더 극진하게 해주면, 승하한 왕비의
성스러운 영혼이 그 시체에 깃들고, 이승의 무대에
(짐이 이제 또 죄를 범한다면) 격노한 영혼으로 나타나
'왜 제게?'하며 원망할 것이니.

폴리나   왕비마마께서 그런 능력이 있으시면.   60
당연히 그리하실 것이옵니다.

레온티스   있지, 그리고 과인을 격노케 만들어
과인이 재혼한 새 왕비를 죽이게 할 거야.

폴리나   신첩이라도 그리 할
것이옵니다. 만약 신첩이 떠돌아다니는 유령이라면, 신첩은
전하께 그 여인의 눈을 보라고 하고, 그 멍청한 눈 어디가
좋아서 그 여인을 선택했는지를 신첩에게 말해달라고 할   65
것입니다. 그러고 나서 전하의 귀청이 찢어질 고함을 지르고,

'제 눈을 기억해 주세요'라고 말할 것이옵니다.

레온티스   별처럼 영롱한 눈이요,

다른 눈들은 모두 불 꺼진 석탄이야! 아내 걱정은 접어두시오,

내 절대로 재혼하지 않으리다, 폴리나 부인.

폴리나   절대로 재혼하지

70   않으시겠다고 맹세하십니까, 신첩의 동의 없이는?

레온티스   절대로 안하겠소, 폴리나 부인. 내 영혼을 걸고!

폴리나 그럼 두 분 경들께서 전하의 맹세에 증인이 되어 주세요.

클레오메네스   전하를 지나치게 부추기십니다.

폴리나   허마이온 왕비마마의

초상화처럼 왕비를 꼭 닮은 또 한 분이 전하의

눈앞에 나타나지 않는 한.

클레오메네스   부인, ─

75   **폴리나**   맹세하셨습니다.

하오나, 만약 전하께서 재혼하시겠다면, ─ 그리 하시겠다면, 전하,

어쩔 수 없이 재혼하실 것이오니, ─ 신첩에게 왕비 간택의 소임을

맡겨 주시옵소서. 새 왕비마마는 승하하신 왕비마마보다 너무

젊으셔도 아니 되지만, 승하하신 왕비마마의 유령이 걸어 나와서,

80   전하의 품에 새 왕비마마가 안겨 있는 것을 보시고 기뻐하실

만한 그런 분이셔야 합니다.

레온티스   충직한 폴리나 부인,

짐은 그대가 허락할 때까지 재혼하지 않으리다.

폴리나   그 때란

바로 승하하신 왕비마마께서 환생하실 때일 것이오니,
그때까지는 절대로 재혼하시면 안 됩니다.

시종 한 명 등장.

시종 자신을 폴릭세너스 왕의 아들인 플로리젤이라고 하는 분이   85
왕자 비와 함께 (소인이 이제껏 본 사람 중 가장
아름다운 여인이온데) 전하를 알현하고자
합니다.

레온티스   그와 함께 누구라고?
부왕의 위용에 어울리는 격식도 없이 왔구나. 그가 (경황없이
그렇게 갑자기) 온 것으로 보아 이는 계획된 방문이 아니라   90
무슨 사정이 있어서 어쩔 수 없이 찾아온 것이로다.
수행원은?

시종   몇 명이지만, 모두 행색이
초라하답니다.

레온티스   왕자비도 함께 왔다고 했느냐?

시종 네, 소인 생각에, 지금까지 밝은 햇살을 받으신 분 중에서
비할 데 없이 아름다운 분인 것 같습니다.

폴리나   오, 허마이온 왕비마마,   95
뭐든지 현재의 것이 과거의 것보다 더 낫다고 자랑하는 법이니,
무덤 속에서 지금 눈앞에 보이는 미녀에게 양보를 하시게
되었습니다. 이보게, 자네는 예전에도 그렇게 말로도 칭송했고,
글로도 써놓고서, 이제 자네의 글은 과거의 주제였던 분보다

더 싸늘해졌구만. '왕비마마는 이제껏 비할 데 없이 아름다우신

분이로다',─이렇게 자네의 시에 왕비마마의 미모가 넘쳐

흘렀었는데, 그 칭송은 썰물처럼 빠져 나가고,

더 아름다운 여인을 보았다고 하니 말일세.

시종   송구하옵니다, 마님.

소인이 왕비마마를 거의 잊고 있었네요, ─죄송합니다, 마님, ─

하오나 이 분도 마님께서 일단 두 눈으로 직접 보시면,

마님께서도 칭송을 하시게 될 것이옵니다. 이 분은 만약에

이 분께서 종파를 하나 만드신다면, 다른 모든 종파의 추종자들의

열기를 꺼버리시고, 이 분이 따르라고 명하시면 누구라도 개종해

마지않으실 그런 분이시옵니다.

폴리나   어찌! 여자들은 안 따르겠지?

시종 여자들도 그 분을 경애할 것입니다. 그 분은 어떤 남자보다

더 훌륭하신즉, 남자들도 모든 여자들 중에서 가장 미모가

뛰어나신 그 분을 경애할 것입니다.

레온티스   가보시오, 클레오메네스 경,

동료들과 함께 직접 가서서 영접해 주시고,

그들을 과인 앞으로 모시고 오시오.

일동 퇴장 [클레오메네스와 동료들]

여전히 이상하구나,

왕자가 그렇게 몰래 과인을 찾아오다니.

폴리나   우리 왕자님께서

(모든 아이들 중에서도 보배이신) 지금 살아계셨더라면,

이 왕자님과 좋은 짝이 되셨을 겁니다. 두 분의 생일에는
한 달도 차이가 없으셨사옵니다.

레온티스   제발, 그만하시오. 아시다시피,

그런 말을 들을 때마다, 그 아이가 다시 죽는 것 같소. 분명하오,

과인이 이 왕자를 보면, 부인의 말이 생각나 다시 그 일이   120

떠오르고, 과인은 이성을 잃게 될 지도 모르니.

그들이 왔군. 귀공의 어머니께선 혼인서약에

   플로리젤, 퍼디타, 그리고 클레오메네스와 동료들 등장.

매우 충실하셨던 분이셨나 보오, 동궁. 부왕의 모습을

판박이로 본떠서 귀공을 잉태하셨으니 말이오. 만약에

과인이 스물한 살이었다면, 귀공은 부친의 모습이며,   125

그 분의 기품까지 빼닮으셔서, 과인은, 과거에 귀공의

부친에게 그랬듯이, 귀공을 형제라고 부르고, 예전에

우리가 했던 개구쟁이 짓들에 대해 이야기를 했을 것이오.

진심으로 환영하오! 그리고 귀공의 아름다운 왕자비도,

─여신이로다!─오, 아뿔사! 과인은 두 아이를 잃었구나,   130

천지간에 그렇게 서서, 그대 두 분, 아름다운 한 쌍이

지금 그리하듯이, 온 세상의 경탄을 자아낼 두 아이를.

그래 과인은 잃은 것이다─모두가 과인의 어리석음

때문에─귀공의 부친과의 사교며, 친목도

(비참한 생각을 품고 있지만). 과인은   135

언젠가 한 번 더 귀공의 부친을 뵈려는

희망을 가지고 살고 있다네.

플로리젤   부왕 전하의 분부를 받아,

소신은 여기 시실리아에 당도했사오며, 부왕 전하로부터

한 나라의 왕으로서 (친구로서) 그 분의 형제분께

140 보낼 수 있는 모든 인사의 말씀을 전해드립니다. 하오나

(세월이 흐르면 누구에게나 찾아오게 마련인) 노환으로 부왕께서

원하셨던 일이 가로막히지만 않았더라면, 귀국과 부왕의 나라 사이에

가로 놓인 수천리 길을 마다하지 않으시고, 몸소 전하를 알현하셨을

것이옵니다. 부왕께서는 전하를 (소신에게 그리 말씀 올리라는 분부가

145 계셨사옵니다만) 세상의 그 어느 왕 홀보다, 그리고 살아서 그 왕 홀을

쥐고 계시는 그 어느 왕보다도 전하를 경애하고 계십니다.

레온티스   오, 내 형제여, ㅡ

훌륭하신 분이로다! ㅡ과인이 그대에게 저질렀던

과오들이 새삼 내 마음을 뒤집어 놓는구나. 그리고

이렇게 그대의 정겨운 인사를

150 남다른 방식으로 받으니, 그대에게 했어야 할

우정의 표시에 태만했던 과인이 부끄러워지는군! 대지에 봄이

찾아온 것처럼 환영하오. 그런데 부왕께서 이런 절세미인을 무시무시한

(적어도 불친절한) 바다의 신, 넵춘의 처우에 맡기셨단 말이오, 그만한

모험을 할 가치도 없고, 그만한 수고를 할 만한 가치도 없는 사람

에게 인사를

드리기 위해서?

155 **플로리젤**   전하, 왕자 비는 리비아에서

왔답니다.

레온티스   경외와 사랑의 대상이신 저 고귀하시고

용맹스런 스말러스 왕[64]의 나라에서 왔다고?

플로리젤 그러하옵니다, 전하. 그 곳에서 왔습니다. 왕자 비와

헤어질 때, 그 분께서 흘리셨던 눈물이 왕자 비가

그 분의 딸임을 공표한 셈이지요. 그 곳에서,   160

고마운 남풍을 맞으며, 저희는 바다를 건너

전하를 방문하라는 아바마마의 분부를 거행하게

된 것입니다. 저의 수행원들은 시실리아의 해안에서

제가 해산시켜, 보헤미아로 돌아가게 했답니다.

돌아가서 소인이 리비아에서 거둔 성과뿐만 아니라   165

소인과 소인의 아내가 안전하게 지금 이곳 시실리아에

도착했음을 알리도록 했습니다.

레온티스   신성하신 신들이여,

우리나라의 대기로부터 모든 역병을 정화해 주시옵소서,

그대들이 이곳에 머무는 동안! 부왕께서는 성스러우시고,

후덕하신 분이시네. 그런 분께 (그토록 신성하신 분께)   170

과인이 죄를 지었더니, 그 벌로 천지신명들께서

(노하시여) 과인의 후사를 앗아 가셨다네. 그리고

부왕께서는 축복을 받아 (하늘로부터 받은 축복으로

마땅하게도) 왕자를 두셨으니, 그 분의 후덕함으로

보아 당연한 일이지. 얼마나 좋았는고, 만약에   175

---

64. 스말러스 왕: 아마도 성경에 등장하는 이스마엘(Ishmael)을 의미하는 것으로 추정됨.

과인에게 동궁처럼 훌륭한 아들과 딸이 있어서,

지금 내 눈으로 볼 수가 있었더라면!

대신 한 명 등장.

대신   존경하옵는 전하,

소신이 아뢰올 말씀은 그 증거가 가까이 있지 않다면,

도저히 믿을 수 없을 것이옵니다. 황공하오나, 전하,

180   소신에게, 보헤미아의 왕께서 직접 전하께 인사를 여쭙고,

전하께서 그 분의 아드님을 체포해 주십사하고 당부하셨는

바, 그 분의 아드님께서는 ─ 왕자의 품위와 의무를 내던지고 ─

부왕과 부왕의 희망까지 져버린 채, 어느 양치기의

딸과 도망을 쳤다고 하옵니다.

레온티스   보헤미아의 왕은 어디에 계시는가?

185 **대신** 이곳 도성 안에 계시오며, 소신이 지금 그 분에게서 왔습니다.

소신이 아연질색 하여 아뢰오나, 보고 내용이 깜짝 놀랄 일이라

그리 된 것이옵니다. 보헤미아 왕께서 서둘러 전하의 궁전으로

오시는 길에 ─ 이토록 어울리는 한 쌍의 젊은이의 뒤를 쫓아오신

것으로 보이는데 ─ 도중에 보헤미아 왕께서 이 가짜 왕자비의

190   아버지와 오라비를 만났다고 하오며, 그 두 사람도 이 젊은

왕자와 함께 조국을 탈출했다고

하옵니다.

플로리젤 카밀로 경이 나를 배신하다니,

그의 명예와 그의 정직함을 믿고 이제껏 모든 풍파를 견디어

왔건만.

대신 그 점은 그 분께 문책하시오.

그 분은 지금 부왕과 함께 계신다오.

레온티스 누가? 카밀로 경이? 195

대신 카밀로 경입니다, 전하. 소신이 그 분과 이야기를 했으며,

그 분은 지금 양치기 부자를 심문하고 있사옵니다. 소신은

그렇게 벌벌 떠는 비참한 꼴을 본 적이 없사옵니다. 무릎을

꿇고, 땅바닥에 입을 맞추며, 말할 때마다 연신 맹세한다고

하옵니다. 보헤미아 왕께서는 더 듣지 않으시고, 갖가지 사형 200

방법으로 그들을 위협하고 계십니다.

퍼디타 오 불쌍하신 아버님!

하늘이 우리에게 첩자를 풀어 감시하니, 우리의 혼례가

이루어지지 않을 거야.

레온티스 혼례식은 올렸느냐?

플로리젤 올리지 않았사옵고, 전하, 올릴 수도 없을 듯하옵니다.

운명의 별들이 고난의 시기에 먼저 입맞춤을 하나 봅니다. 205

액운은 지위 고하를 막론하고 찾아오니.

레온티스 동궁.

이 여인이 정말로 왕의 딸인가?

플로리젤 그렇사옵니다,

일단 제 아내가 되었으니.

레온티스 그 '일단'이라는 말도 동궁의 부왕께서 저렇게

서둘러 오신 것으로 보아 매우 천천히 올 것이네. 210

유감이네, 매우 유감이야, 동궁이 의무로 맺어진
부왕의 총애를 깨뜨렸으니, 그리고 역시 유감이네,
동궁이 간택한 비가 절세미인인 만큼 부자가 아니어서
그 여인과 알콩달콩 살 수가 없으니.

플로리젤   내 사랑, 고개를 들어요.

215   비록 운명의 여신이 적으로 나타나, 부왕 전하와 함께
우리를 쫓아온다고 해도, 우리 사랑을 바꾸어 놓을 힘은
조금도 없을 거요. 간청하옵니다, 전하, 지금의 저보다도
더 절박했던 시절을 기억해 주시옵소서. 그 젊은 시절의
열정을 생각하시어 제 편을 들어주시기 바라옵니다.

220   전하께서 요청하시면, 부왕께서는 소중한 것도
하찮은 것인 양 허락하실 것입니다.

레온티스 만약에 그 분께서 그리 하신다면, 과인은 그 분께서 하찮게
여기시는 동궁의 소중한 비를 달라고 간청하겠소.

폴리나   주상 전하,
전하의 눈이 너무 젊사옵니다. 왕비마마께서 돌아가시기

225   한 달도 못된 시점에, 왕비마마께서는 전하께서 지금 보시고
계시는 이 여인보다 훨씬 더 미인이셨습니다.

레온티스   과인도 왕비를
생각하고 있었소, 비록 이렇게 보면서도. [플로리젤에게] 동궁의
간청에 아직 답변을 하지 않았군. 과인이 동궁의 부왕을 만나
보겠네. 동궁의 명예가 동궁의 갈망에 정복당하지 않았다면,

230   과인은 동궁과 동궁의 갈망 편에 서 주겠네. 그 임무를 위해

과인은 지금 동궁의 부왕에게 가겠으니, 과인을 따라와서
과인이 어떻게 하는지를 지켜보게. 자 따라오게, 동궁.

일동 퇴장

2장

레온티스 왕의 궁전 앞

오톨리커스와 신사 한 명 등장.

오톨리커스 간청 드립니다, 나리, 진술할 때 현장에 계셨습니까?

신사 1 그 보따리를 열 때, 그 옆에 있었고, 늙은 양치기가
그 보따리를 발견하게 된 경위를 진술하는 것을 들었지.
그의 진술을 듣고 모두들 어리둥절해 하고 있는데,
우리 모두 방에서 나가라는 지시를 받았다네. 다만
그 양치기가 갓난아기를 발견했었다고 말하는 것은
내가 분명히 들었지.

오톨리커스 그 진술의 결말을 꼭 알고 싶은데요.

신사 1 내가 전해줄 수 있는 내용은 단편적이지만, 레온티스 왕과
카밀로 경의 표정이 바뀌는 것으로 보아 몹시도 경탄하신
것 같았다네. 서로를 뚫어지게 쳐다보시는 눈에는 눈물이
그렁그렁 맺혔지. 두 분의 침묵 속에는 웅변이 깃들어
있었고, 두 분의 일거수일투족마다 말이 깃들어 있었다네.
두 분은 마치 이 세상을 다시 되찾았다거나 또는 이 세상이
파멸되었다는 소식이라도 들으신 듯한 표정을 지으셨다네.
두 분 모두 엄청나게 놀라신 기색은 역력했지만, 아무리

현명한 사람이라고 해도 눈으로 본 것만으로는 그것이
즐거움인지 아니면 슬픔인지를 분간해낼 수 없을 것이네만,
어느 쪽이든 극단적인 것임에는 틀림이 없다네.

두 번째 신사 등장.

여기 좀 더 자세히 알지도 모르는 신사 한 분이 오시는군.   20
그래 무슨 소식이라도 있소, 로게로 님?
신사 2 축하의 모닥불을 지피는 일만 남았소. 신탁이 실현되었다오.
레온티스 전하의 따님을 되찾은 것이오. 경이로운 사건들이
한 시간 안에 연달아 터져 나오는 통에, 발라드 작곡가들도
그 사건들을 다 그려낼 수 없을 지경이라오.   25

세 번째 신사 등장.

여기 폴리나 부인 댁의 집사가 오는군. 그러면 좀 더
자세한 소식을 전해줄 수 있을 터. 집사님, 일이 어떻게
되어가고 있소? 이번 일은, 사실로 밝혀지기는 했지만,
어찌나 옛날이야기 같은지, 그 진위가 심히 의심스럽소.
그래 레온티스 전하께서 후사를 찾으신 거요?   30
신사 3 분명코 진실이오, 진실이라는 것이 방증으로 밝혀지는
것이라면 말이오. 귀로 들은 것을 눈으로 보았다고
맹세할 만큼, 앞뒤 증거가 딱 들어맞소이다. 허마이온
왕비마마의 망토며, 그 망토의 목 부위에 달린 왕비마마의

보석, 그리고 그것과 함께 발견된 앤티고너스 경의 편지들,
35 그 편지들의 필적도 앤티고너스 경의 것으로 판명되었고,
모친을 빼닮으신 그 분의 왕손다운 위엄, 천성이 성장
배경을 뛰어넘어 드러나는 고귀한 성품, 그리고 수많은
온갖 증거들이 그 분이 전하의 따님임을 확실하게
40 말해 주고 있소이다. 두 분 왕께서 만나시는 것을
보셨소?

신사 2 아니오.

신사 3 그럼 실제로 보아야 하지 말로는 도저히 전달할 수 없는
광경을 놓치신 거요. 하나의 기쁨 위에 또 하나의 기쁨이
45 겹치는 꼴이었고, 그렇게 슬픔이 두 분께 작별의 눈물을
흘려내서 두 분의 기쁨이 눈물바다를 건너는 모습을 본 듯
했소이다. 두 분께서 손에 손을 맞잡고, 눈으로는 하늘을
우러러 보시는 모습이 어찌나 실성한 듯한 모습이신지, 입고
계신 의복으로 누가 누구인지 분간할 뿐이지, 풍모로는
50 도저히 알 수가 없었소이다. 우리 전하께서는 잃어버리셨던
공주님을 되찾으신 기쁨으로 펄쩍펄쩍 뛰시다가, 마치 그
기쁨이 이제 분실의 슬픔이 된 것처럼, '오, 네 어머니,
네 어머니!'라고 외치시고, 보헤미아 왕께 용서를 구하셨지요.
그리고는 사위를 포옹하시고, 다시 공주님을 측은지심으로
55 꼭 껴안으셨답니다. 그런 다음에는 여러 왕조에 걸쳐 온갖
풍파를 견디어 온 분수대처럼 옆에 서서 눈물, 콧물 쏟아내는
늙은 양치기에게 감사를 표하셨소. 내 평생에 그런 상봉은 들어본

적이 없으니, 그대로 보고해도 절름발이가 되고, 그 상봉을 묘사할 능력도 없소이다.

신사 2 그래 갓난아기를 데리고 갔던 앤티고너스 경은 어찌 되었   60
다고 합니까?

신사 3 그 역시 옛날이야기 같은데, 아무도 믿지 않고, 귀를
기울이지 않아도, 되풀이 해 말할 만하지요. 그 분은
곰에게 갈기갈기 찢겨 죽었다고 하는데, 양치기 아들의
증언이 있었답니다. 순박한 청년이라 그 말은 믿을만해   65
보일 뿐만 아니라, 그 분이 지녔던 손수건과 반지들도
있었는데, 폴리나 마님께서 알아 보셨습니다.

신사 1 그 분이 탔던 배와 수행원들은 어찌되었소?

신사 3 그들의 상전이 죽은 바로 그 순간에 난파를 당했고, 그
양치기가 목격했답니다. 그렇게 갓난아기를 내다 버리는   70
역할을 맡았던 사람 모두가 갓난아기가 발견된 순간에
죽게 된 것이지요. 그러나 오, 폴리나 마님의 가슴 속에서
벌어진 기쁨과 슬픔 사이의 저 고귀한 갈등! 폴리나
마님께서는 남편을 잃은 슬픔으로 한쪽 눈을 내려 뜨시고,
신탁이 실현된 기쁨으로 다른 한쪽 눈은 치켜뜨셨지요.[65]   75
마님께서는 공주마마를 번쩍 들어 올려서, 더 이상 공주마마를

---

65. 마님께서는 남편을 잃은 슬픔으로 한쪽 눈을 내려 뜨시고, 신탁이 실현된 기쁨으로
다른 한쪽 눈을 치켜뜨셨지요: 『햄릿』 1막 2장에서 한쪽으로는 선왕을 잃은 슬픔
을, 다른 한쪽으로는 형수를 왕비로 맞는 기쁨을 전한다는 클로디어스의 대사와 유
사함.

잃는 위험을 감수하지 않으시기라도 하는 양 마치 공주마마를 가슴 속에다 쑤셔 넣기라도 할 듯이 꼭 껴안으셨답니다.

신사 1 이런 고귀한 장면은 제왕후들 앞에서 상연할 만한 가치가 있소이다. 상연하는 배우들이 훌륭하신 분들이니.

신사 3 이 모든 사건들 중에서도 가장 감동적인, 그래서 (물고기도 아니면서 물기를 머금고 있던) 내 눈길을 끌었던 장면은, 왕비마마의 죽음에 대한 이야기를 하는 순간이었는데, (왕비마마께서 어떤 태도로 죽음을 맞이하셨는지에 대해 주상 전하께서는 거침 없이 고백하시고 애통해 하셨지만) 조용히 듣고 계시던 공주마마께서 괴로워하시다가, 마침내 상심과 비애 끝에 '아뿔사'하고 한탄하시니, 나도 피눈물을 쏟을 듯 괴로웠다오, 분명코 내 가슴속으로 피눈물을 흘렸으니까요. 대리석 같이 냉정한 사람도 그 대목에서는 안색이 변하고, 기절하는 사람도 있었으며, 모두가 슬퍼했답니다. 만약에 온 세상이 이 장면을 보았다면, 온 세상이 슬픔으로 가득 찼을 것이오.

신사 1 그 분들은 모두 궁전으로 돌아가셨소?

신사 3 아니오. 공주마마께서는 폴리나 마님이 보관하고 계신다는 왕비마마의 조각상에 관한 이야기를 들으셨는데, ─ 그 조각상은 수년에 걸친 작업 끝에 완성된 것으로 보기 드문 이탈리아 조각계의 거장, 율리오 로마노[66]가 심혈을 기울여 새로 제작했다고 합니다. 그 조각가는 스스로 영원성을 지녀서 자신의 작품에 숨결을 불어 넣을 수가 있으며, 자연의 여신을 속일 수 있는

---

66. 율리오 로마노: 1546년 사망한 이탈리아 태생의 당대 최고 화가이자 조각가.

완벽한 모방자라고 합니다. 그 조각가가 허마이온 왕비마마 매우 닮은 조각상을 완성했는지, 누구라도 그 조각상에 말을 걸고 대답해 주기를 서서 기다릴 정도라고 합니다. 그 분들 모두 열렬한 호의를 품고 그곳으로 가셨으며, 거기서 저녁 식사까지 하신다고 합니다. 100

신사 2 내 폴리나 마님께서 뭔가 중요한 일을 하신다고 추측했었소. 왜냐하면 허마이온 왕비마마께서 돌아가신 이래 마님께서는 하루에도 두세 번씩 은밀하게 그 버려진 집을 방문하셨으니까요. 우리도 그곳으로 가서 기쁨에 동참할까요? 105

신사 1 그곳에 갈 수 있는 특전을 가진 사람들은 누구라도 그곳에 있겠지요? 눈 깜박할 때마다 새로운 은총이 넘쳐나니, 우리가 가지 않는다면 궁금해서 안달복달 할 거요. 자 갑시다. 일동 퇴장 [신사들] 110

오톨리커스 자, 이제까지의 내 인생에서 내가 먹칠만 하지 않았더라면, 내 머리 위로 출셋길이 열리게 되었을 텐데. 내가 그 늙은이와 그의 아들을 왕자님의 배에 태워준 장본인이고, 그들이 보따리에 대해 이야기 하는 것을 들었으며, 그것이 무엇인지는 모르겠다고 왕자님께 말씀드린 것도 나였다. 그러나 그 때만 해도 왕자님은 양치기의 딸에게 홀딱 반했는데, (그때 왕자님은 그 여인이 양치기의 딸인 줄 알았지) 공주님은 심한 배 멀미를 하기 시작했고, 왕자님도 못지않게 배 멀미를 하셨으며, 극심한 풍랑이 계속되었던 터라, 이 비밀이 밝혀지지 않은 것이지. 115 120

그러나 내게는 모두 마찬가지야. 내가 이 비밀을 밝혀낸 장본인
이라 해도, 나의 지난날의 비행과 뒤섞여 별 재미를 못 보았을 거야.

양치기와 클로운 등장.

여기 내가 본의 아니게 선행을 베푼 사람들이 오는군. 벌써
125 화려한 옷차림을 한 것을 보니, 행운의 꽃이 만개한 모양
이군.

양치기 이리 오너라, 아들아. 나는 자식을 더 나을 나이가 지났다만,
네 아들과 딸들은 모두 양반으로 태어나게 되었구나.

클로운 당신 잘 만났다. 일전에 내가 양반으로 태어나지 않았다는
130 이유로 당신은 나와 결투하기를 거절했으렷다. 이 복장들이
잘 보이시오? 어디 이 복장들이 보이지 않는다고 말해 보시지.
그래 여전히 내가 양반 태생이 아니라고 생각하시는가. 이
복장들이 양반 태생이 아니라고 말하는 게 고작이겠지. 그런
거짓말이라도 내게 해보시지. 해보라고. 내가 이제 양반
135 태생이 되었는지를 시험해 보라니까.

오톨리커스 압니다, 나리, 당신이 이제 양반 태생이라는 것을.

클로운 그렇지, 지난 네 시간 전부터는 줄곧 양반 태생이었지.

양치기 그래 나도 그렇단다, 아들아.

클로운 그렇지요. 하지만 아버지보다 내가 먼저 양반 태생이
140 되었어요. 주상 전하의 아드님이 내 손을 잡으시고, 나를
형님이라고 부르셨고, 그러고 나서 두 분 왕께서 우리
아버지를 형님이라고 부르셨어요. 그리고는 나의 매제인

왕자님과 내 누이인 공주님이 우리 아버지를 아바마마라고
불렀고, 그래서 우리는 감격의 눈물을 흘렸지요. 그것이
양반이 돼서 처음으로 흘린 눈물이었어요.   145

양치기 우리는 살면서, 아들아, 더 많은 눈물을 흘리게 될 거야.

클로운 그래요, 그렇지 않으면 액운이 끼어, 지금 우리처럼 신분이
뒤집어 질 거야.

오톨리커스 삼가 간청 드리옵니다, 나리, 부디 소인이 나리께 저지른
모든 잘못을 용서해 주시고, 소인의 주인님이신 왕자님께   150
저에 대해 좋게 말씀해 주세요.

양치기 아무쪼록, 아들아, 그렇게 해 줘라. 우리는 인자해야해,
이제 우리는 양반이니까.

클로운 자네는 행실을 바로 고치겠는가?

오톨리커스 그럼요, 나리의 뜻이라면.   155

클로운 자네 손을 내게 주게. 나는 왕자님께 자네가 보헤미아의
어느 누구 못지않게 정직한 사람이라고 맹세할 것이네

양치기 그렇게 말은 해도 좋지만, 맹세는 하지 말거라.

클로운 맹세는 하지 말라고요, 이제 나는 양반인데요? 촌놈들하고
향사들이나 말을 하라고 하세요, 나는 맹세를 할 테니.   160

양치기 사실이 아니면 어쩌려고, 아들아?

클로운 설사 사실이 아니라고 해도, 진정한 양반이라면 친구를 위해
맹세를 해도 좋아요. 나는 왕자님에게 자네가 용감한 사람이고
술은 입에도 대지 않는다고 맹세할 것이네. 그러나 나는 자네가
용감한 사람도 아니고, 주정뱅이라는 사실을 잘 알고 있어.   165

그래도 나는 맹세할 것이네, 그러니 자네도

　　　앞으로 용감한 사람이 되어

　　　주길 바라네.

오톨리커스　내 힘을 다해서 그리하도록 하겠습니다, 나리.

170　**클로운**　그래, 어떤 수단을 써서라도 용감한 사람이 되어주게. 자네가

　　　감히 술주정은 할 용기가 있으면서, 용감한 사람이 될 수 없

　　　다는 것을 정말로 내 알다가도 모를 일이야. 저것 봐! 우리

　　　친척이신, 두 분 전하와 왕자님 내외분께서 왕비마마의 조각상

　　　을 보러 가신다. 자, 우리를 따라오게. 우리는 자네의 좋은

175　　　주인님이 되어 줄 테니.　　　　　　　　　　　　　　일동 퇴장.

3장

폴리나 마님 집의 내실.

레온티스 왕, 폴릭세너스 왕, 플로리젤 왕자, 퍼디타 공주, 카밀로 경, 폴리나,
대신들 [그리고 시종들] 등장.

레온티스 오, 진중하고 충직한 폴리나 부인, 그대가 있어서 내게는
큰 위안이었소.

폴리나 망극하옵니다, 전하,
신첩은 의도만 좋았지, 실제로는 부족했사옵니다. 신첩이
보필할 적마다 전하께서 충분한 보상을 내려 주셨습니다.
하오나 전하께서 전하의 형제 전하와 혼약하신 두 분 왕국의 5
후계자까지 동반하시고 신첩의 누추한 집에 왕림해 주시는
은총을 베풀어 주시니, 이는 신첩이 평생을 두고도 다 갚지
못할 분에 넘치는 보상이옵니다.

레온티스 오, 폴리나 부인,
과인은 그대에게 은총이 아니라 폐만 끼치게 되었지만,
과인의 왕비 조각상을 보러 왔소이다. 과인이 지나온 10
부인의 복도에 즐비하게 진열된 개별 작품들에 매우
만족스럽지 않은 것은 아니지만, 과인은 과인의 딸이
보려고 온 것인 그 애 어머니의 조각상을 아직 보지

못했소.

폴리나   생전에 비할 데 없이 빼어나신 분인 만큼, 왕비마마의
생명이 없는 조각상조차, 신첩이 믿는 바, 전하께서 지금까지
보신 그 어떤 조각상이나, 사람의 손으로 만들어진 그 어떤
것보다 훌륭합니다. 그래서 신첩은 그 조각상을 따로 모셔
두었답니다. 자, 여기 있사옵니다. 마음의 준비를 하시고
보시옵소서. 마치 죽음을 조롱하는 영원한 잠처럼, 살아생전의
모습을 빼어 닮은 모습을. 잘 보시고, 훌륭하다고 말씀해 주시옵소서.

[폴리나가 휘장을 젖히자, 조각상처럼 서있는
허마이온의 모습이 드러난다.]

모두들 침묵하시니 신첩은 기쁩니다. 침묵하실수록 모두가
감탄하신다는 증거가 되니까요. 하오나 말씀해 주소서. 전하부터요.
이 조각상이 왕비마마를 빼어 닮지 않았습니까?

레온티스   왕비와 실제로 똑같도다!
석상이시여, 그대가 허마이온 왕비라고 과인이 실제로 말해도 좋도록
과인을 꾸짖어 주시오. 아니지, 오히려 꾸짖지 않는 것이 더 왕비답지.
왜냐하면 왕비는 우아하고 소녀처럼 상냥했으니.
그런데 폴리나 부인, 허마이온 왕비는 이렇게
주름이 많지도 않았고, 이처럼 나이가 들어
보이지도 않았소이다.

폴릭세네스   오, 그렇게 많지는 않사옵니다.

폴리나 그 만큼 조각가의 솜씨가 탁월해서, 십 육년이란 세월이
흘렀다는 것을 감안해서 마치 지금 왕비마마께서 살아

계신 것처럼 만든 것이옵니다.

레온티스   지금 왕비가 저런 모습으로
살아 있었더라면, 과인에게는 큰 위안이 될 것인 만큼
지금은 과인의 영혼을 꿰뚫고 있소. 오, 저렇게 왕비가
서있었다, 왕비로서의 위엄과 따뜻한 체온을 가지고,   35
지금 차가운 조각상으로 서있는 것처럼, 과인이 처음으로
왕비에게 청혼을 했을 때! 과인은 심히 부끄럽구나. 석상
보다 과인이 더 돌같이 차가운 사람이라고 해서 저 석상이
과인을 꾸짖지 않는가? 오 왕비의 조각상이여!
과인의 죄악을 불러내 다시 상기시켜주고, 그대의   40
경탄하는 딸로부터 영혼을 빼앗아 그대와 함께 돌처럼
서있게 하니 그대의 위용에는 마술이 있도다.

퍼디타   윤허해 주시고,
부디 미신이라고 말씀하지 말아 주시옵소서. 소녀는 무릎을
꿇고 왕비마마의 축복을 빌겠사옵니다. 어마마마,
소녀가 태어났을 때 돌아가신 경애하옵는 왕비마마,   45
소녀에게 손을 주시어 입 맞추게 해주소서.

폴리나   오 참아 주세요!
그 조각상은 방금 만들어져서, 색칠이 아직 마르지도
않았사옵니다.

카밀로 전하, 전하의 슬픔이 너무 사무쳐서, 십 육년의 겨울바람도
날려버리지 못했고, 십육 년의 여름 더위로도 말려 버리지   50
못했사옵니다. 그 어떤 즐거움도 이렇게 오래 살아남지

못했을 것이고, 그 어떤 슬픔도 그보다는 훨씬 빨리
사라졌을 것입니다.

폴릭세네스　　　　　경애하는 형제 전하시여, 이 일의
원인이었던 장본인에게도 전하로부터 상당한 몫의 슬픔을
떠안게 해주시오. 그 장본인도 자신의 슬픔에 전하의
슬픔까지 덧붙이고자 하오니.

폴리나　　　　　　　사실은, 전하,
신첩의 보잘 것 없는 조각상을 보시고 전하께서 이렇게
괴로워하실 줄 알았더라면, 신첩은ㅡ이 조각상은 신첩의
것이오니ㅡ더 이상 보여드리지 않겠사옵니다.

레온티스　　　　　　　　　휘장을 치지 마시오.

폴리나 더 이상 보시면 아니 되옵니다. 조만간 전하께서 조각상이
움직인다고 생각하실 착각을 막기 위해서요.

레온티스　　　　　　　그대로 두시오, 그대로!
과인은 죽어도 좋소만, 벌써 움직인 듯한데ㅡ
이 조각상을 만든 사람이 누구라고 했지?ㅡ보시오, 전하,
이 조각상은 마치 숨을 쉬고 있는 것 같지 않소? 그리고
저 핏줄에는 따뜻한 피가 흐르는 것 같지 않소?

폴릭세네스　　　　　　　걸작품이오.
생동감이 뛰어나 저 입술에 따뜻한 온기가 있는 듯하오.

레온티스 고정시켜 놓은 왕비의 눈동자가 움직였소,
과인은 예술가의 솜씨에 홀린 것 같으니.

폴리나　　　　　　　휘장을 치겠사옵니다.

전하께서 너무 감동하셔서, 조만간 조각상이

살아있다고 생각하실 것이옵니다.

레온티스   오 폴리나 부인,   70

과인이 이십년 동안 그리 생각하도록 해주시오!

이 세상 그 어느 온전한 생각도 그 광기가 주는

즐거움과 비교할 수 없을 것인즉, 그대로 두시오.

폴리나 황공하옵니다, 전하. 신첩이 이렇게 전하를 불편하게 해드렸사오나

더 고통스럽게 해 드릴 수도 있사옵니다.

레온티스   그래 주시오, 부인.   75

이런 고통이라면 그 어느 달콤한 위안 못지않게 감미로우니.

여전히 내 생각으론 왕비의 조각상이 숨을 쉬는 것 같소.

그 어느 명장의 끌이 숨결까지 빚어낼 수 있단 말인가?

아무도 과인을 비웃지 마시오, 내 조각상에 입맞춤을

할 터이니.

폴리나   고정하시옵소서, 전하. 그 조각상의 입술에   80

칠해진 진홍색 물감이 아직 덜 말랐사오니, 전하께서

입을 맞추시면 작품이 훼손되고, 전하의 입술도 기름

물감으로 더렵혀질 것이옵니다. 신첩이 휘장을 칠까요?

레온티스 아니 되오. 앞으로 이십년은.

퍼디타   그 오랫동안 소녀도

옆에 서서 지켜볼 것입니다.

폴리나   마마도 고정하시고, 당장   85

사당을 나가시거나, 아니면 더 크게 놀라실 각오를

하시옵소서. 여러분 모두 조각상을 보실 수 있으시면, 제가
이 조각상이 실제로 움직이도록 하여, 단상에서 내려와
여러분들의 손을 잡도록 해드리겠습니다. 하오나 그리되면

여러분들은 (신첩은 절대로 그렇지 않지만) 신첩이 악마의
도움을 받은 것이라고 여기실 것입니다.

레온티스   부인이 조각상에 무슨
짓을 하게 해도, 과인은 보고만 있을 것이오. 말을 해도, 과인은
듣기만 할 것이오. 조각상이 말을 하게 하는 것도 움직이게 하는
것만큼이나 쉬운 일일 터이니.

폴리나   여러분들 모두 신념을 일깨워

주셔야 합니다. 그러면 모두 가만히 서 계십시오. 혹여 —
신첩이 하려는 일이 불법행위라고 여기시는 분들은, 이 자리를
떠나 주세요.

레온티스   진행하시오.
아무도 움직이지 마라.

폴리나   음악이여, 조각상을 깨워라, 연주하라! [음악연주]
지금이옵니다, 내려오소서. 더 이상 석상이 아니옵니다. 이리

오세요. 보고 계시는 모두를 경탄게 해주세요. 어서요!
신첩은 마마의 무덤을 메우겠습니다.[67] 움직이세요, 아니요, 저리로.

---

67. 신첩은 마마의 무덤을 메우겠습니다: 폴리너는 허마이온이 실제로 무덤에서 부활
하신 것이라고 강조함. 즉, 실제로는 허마이온이 죽었던 것이 아니라는 자신의 계
획에 의해 죽었다는 소문만 났던 것이라는 뒷이야기를 밝혀 사람들 기억 속에
자리 잡은 허마이온의 무덤을 없애겠다는 뜻.

무감각은 저승에다 양도하세요, 그로부터 마마의 소중한 생명을
되찾았으니. 모두들 왕비마마께서 움직이시는 것이 감지되시죠?

[허마이온 왕비가 내려온다.]

놀라지 마세요, 왕비마마의 움직임도 신첩의 주술이 합법적인
것 못지않게 신성한 것입니다. [레온티스 왕에게] 왕비마마를   105
피하지 마소서, 왕비마마께서 다시 돌아가시는 것을 보실 때까지.
피하시면 왕비마마를 두 번 죽이는 셈이니까요. 아니죠, 손을
내 미세요. 왕비마마께서 젊으셨을 때, 전하께서 구혼하셨지요,
이제 나이가 드셨다고 왕비께서 구혼자가 되셔야겠어요?

레온티스   오, 따뜻하다!

만약 이것이 마술이라면, 이 마술을 먹는 행위만큼이나 합법적인   110
행위로 인정하노라.

폴릭세네스   왕비께서 전하를 포옹하신다!

카밀로 왕비마마께서 전하의 목에 매달리시는구나!

만약 왕비마마께 생명이 붙어 있다면, 말씀도 해주소서!

폴릭세네스 그래요, 그리고 그동안 어디서 사셨는지도 밝혀주시고,
어떻게 저승에서 빠져나오셨는지도 밝혀주소서!

폴리나   왕비마마께서   115

살아계신다고 말로만 들으셨다면, 아마도 모두들 옛날이야기
에나 있을 법한 것이라고 야유하셨을 것입니다. 하오나 왕비
마마께서 아직 말씀만 하지 않으셨지, 살아 계신 듯하옵니다.
잠시만 지켜봐 주세요. [퍼디타에게] 공주마마, 나서시어 무릎을
꿇고 어마마마께 축복을 빌어달라고 하소서. [허마이온 왕비에게]   120

돌아서세요, 마마, 되찾은 퍼디타 공주이십니다.

허마이어니   천지신명이시어,

굽어 살피시어, 제신들의 유리병에 든 신들의 은총을 제 딸의

머리 위에 부어주시옵소서! 말해다오, 내 딸아, 어디에서

네가 구조되었으며, 어디에서 살았는지, 그리고 어떻게

네 생부의 궁전을 찾게 되었는지? 내 이제야 하는 말이 다만,

폴리나 부인으로부터 네가 살아있을 것이라는 신탁의 희망을

듣고, 그 결과를 직접 확인하기 위해 지금까지 목숨을

부지했던 것이니라.

폴리나   그런 이야기를 하실 시간은 앞으로

얼마든지 있습니다. 각자 (이 중요한 순간에) 모두의

기쁨을 각자의 이야기로 방해해서는 안 될 터이오니,

함께 가십시다, 소중한 승리를 쟁취하신 여러분 모두.

여러분의 기쁨을 각자 나누십시오. 늙은 원앙새 신세가

된 저는, 어느 시들어 빠진 나뭇가지로 날아가, 거기에서

(절대로 다시 찾을 수 없게 된) 제 남편이나 애도하렵니다,

이 생명 다할 때까지.

레온티스   오, 고정하시오, 폴리나 부인!

과인이 그대 덕분에 아내를 되찾은 만큼, 그대도 과인이

추천하는 남편을 맞도록 하시오. 이는 중매결혼이고,

우리 둘이 맹세했던 바요. 그대가 내 아내를 되찾아

주었지만, 그 방법은 나중에 물어보리다. 왜냐하면

과인은 왕비가 죽은 것을 보았다고 생각하여, 헛되게

왕비의 무덤에 대고 수없이 많은 기도를 드렸기 때문이오.

과인은 더 멀리에서 찾지 않을 것인즉—

왜냐하면 내 대충 그의 마음을 알기 때문에—그대에게

훌륭한 남편을 찾아 주리다. 이리 오시오, 카밀로 경,

와서 이 부인의 손을 잡으시오. 이 부인의 인품과 덕망은   145

이미 잘 알려진 바이고, 이 자리에서 우리 두 왕에 의해

보증이 되었소. 자 여기서 나갑시다.

[허마이온 왕비에게] 정말로! 내 형제 왕을 쳐다보시오.

두 분께 용서를 비오, 두 분의 정결한 시선에 과인의

고약한 의심을 품었으니 말이오. 이 분이 왕비의 사위이고,   150

폴릭세너스 왕의 아드님이오. 하늘의 도움으로, 왕비의

딸과 약혼을 했다오. 충직한 폴리나 부인, 여기서 나갑시다.

나가서 여유롭게 각자에게 묻고 대답하도록 합시다. 처음

우리가 서로 갈라지고 난 이후 그 기나긴 시간의 간격 속에서

각자가 수행했던 역할에 대해서 말이오. 어서 앞장서시오. 일동 퇴장   155

작품설명

1. 집필년도

『겨울 이야기』는 『페리클레스』, 『심벨린』, 『폭풍』, 그리고 『헨리 8세』와 더불어 셰익스피어가 1609년～1613년에 집필한 말기 로맨스 극으로 분류되는 작품이다.

대부분의 셰익스피어 작품과 마찬가지로 이 작품도 정확하게 몇 년도에 집필되었는지에 대해선 알 수 없지만, 사이먼 포만(Simon Forman)이 1611년 5월 15일 수요일에 글로브 극장에서 이 연극 공연을 관람했다는 기록을 토대로 역추적해보면, 적어도 1611년 5월 15일 이전에 집필된 것은 확실하다. 작품 속에 담겨 있는 내용을 토대로 접근해보면 4막 4장에서 전개되는 사튀로스 가면극 장면이 1611년 1월 1일에 궁정에서 상연된 벤 존슨(Ben Jonson)의 「오베론 가면극」(Masque of Oberon)과 유사한 점이 발견되므로 아마도 존슨의 가면극 장면이 직·간접적인 영향을 끼친 것으로 추정된다. 당시 공연물 허가 업무를 관장했던 조지

벅 경(Sir George Buck)이 전임자인 에드먼드 틸니(Edmund Tilney)의 후임으로 업무를 시작한 시점이 1610년 8월 20일인데, 「겨울 이야기」의 공연 허가를 조지 벅 경이 내주었다는 기록을 감안해보면 이 작품의 집필년도는 1610년 8월부터 1611년 5월 사이로 좁혀진다.

그밖에 이 작품에 사용된 노래, 얽히고 복잡한 대사들, 행의 중간에서 시작하거나 끝나는 문장들의 빈번한 사용 등과 같은 수사학적 패턴들을 토대로 추정해보면, 이 작품은 『심벨린』과 비슷한 시기에 집필을 시작했던 것으로 판단되지만, 아마도 『심벨린』을 먼저 탈고하고, 미완성인 채로 얼마간 두었다가 상기한 벤 존슨의 「오베론 가면극」을 보고난 이후인 1611년 5월 15일 이전에 4막 사튀로스 장면을 삽입한 후 탈고한 것으로 판단된다. 따라서 집필년도는 Arden 판의 주역자인 패포드(J. H. P. Pafford) 등의 주장처럼 1610년 말~1611년 초로 보는 것이 합당한 것으로 보인다.

2. 텍스트

『겨울 이야기』의 유일한 텍스트는 셰익스피어 사후 7년이 지난 1623년도에 동료 배우들에 의해 정리되어 전집으로 출판된 제 1 이절본(1F)이다. 『겨울 이야기』는 이 전집 희극편의 마지막 작품으로 수록되어 있으며, 아마도 랄프 크레인(Ralph Crane)이 셰익스피어의 육필 원고를 정돈하여 수록한 것으로 판단된다. 크레인이 정돈한 텍스트의 주요 특징은 무대 지시문이 거의 없다는 점과 매 장면 모두에서 밝히는 등장인물의 이름들이 몇몇 예외적인 경우를 제외하고 누락되어 정확하게 누가 어느 시점에 무대에 등장하는지 알 수가 없다는 점이다.

이후 출판된 거의 모든 텍스트들은 제1 이절본 텍스트를 토대로 했고, 아든판, 뉴캠브리지판, 뉴옥스포드판 등과 같은 주역/해설 단행본 및 리버사이드 셰익스피어, 펠리칸 셰익스피어 등 대부분의 현대판 전집들 모두 약간의 오탈자 및 오식 등을 수정·보완하여 현대화된 철자로 고쳐 편찬한 것들이다.

3. 출전

『겨울 이야기』의 주요 출전으로는 로버트 그린(Robert Greene)이 쓴 『판도스토』(*Pandosto*)로 알려져 있다. 이외에 활용한 출전으로는 롯지(Lodge)의 『로살린드』(*Rosalynde*)를 비롯하여 플루타르크, 홀린셰드 등의 원작들에서 차용한 내용들도 미세하게 가미한 것으로 보인다. 그린의 산문 로맨스인 『판도스토』는 1588년에 초판이 출판되었으며, 17세기에는 『도라투스와 포니아의 사연』(*The History of Doratus and Fawnia*)이라는 제목으로 널리 알려진 작품이다.

셰익스피어는 원작에 등장하는 주인공들의 이름을 개명하고, 작품의 배경인 보헤미아와 시실리아도 서로 바꾸었고 엔딩도 크게 고쳤다. 케네스 뮤어가 정리한 것처럼 셰익스피어가 개명하여 활용한 등장인물들은 다음과 같다.

두 작품에서 서로 상응하는 인물

판도스토	겨울 이야기
판도스토, 보헤미아의 왕	레온티스, 시실리아의 왕
벨라리아, 보헤미아의 왕비	허마이오니, 시실리아의 왕비
가린터, 보헤미아의 왕자	마밀리우스, 시실리아의 왕자
포니아, 보헤미아의 공주	퍼디타, 시실리아의 공주
에지스투스, 시실리아의 왕	폴릭세너스, 보헤미아의 왕
도라스투스, 시실리아의 왕자	플로리젤, 보헤미아의 왕자
프라니온, 판도스토의 충신	카밀로, 레온티스의 충신
포러스, 늙은 목동, 포니아의 양부	늙은 목동, 퍼디타의 양부
카피노, 도라스투스의 하인	오톨리커스, 플로리젤의 하인 역임자
옥리	옥리

두 작품에서 서로 상응하지 않는 인물

	폴리너(판도스토의 옥리역할과 일부 겹침)
	안티고너스
몹사, 포러스의 부인	
	에밀리아, 허마이온의 시녀
	클로운, 늙은 목동의 아들
	오톨리커스, 노래하는 부랑자
	몹사, 도르카스, 목녀들
	귀족들, 신사들, 귀부인들, 하인들,
	목부들 및 목녀들
	타임, 서사역

위 표에서 보듯이 그린의 작품에 등장하는 보헤미아의 왕과 왕비가 셰익스피어의 작품에서는 시실리아의 왕과 왕비로 바뀌었고, 이와 맞물려 그린의 작품에 등장하는 시실리아의 왕은 보헤미아의 왕으로 바뀌었다. 따라서 그린 작품에서 시실리아에서 발생한 사건들은 셰익스피어의 작품에선 보헤미아로 그 배경이 바뀐다. 그리고 그린의 작품에서는 재판 직후 벨라리아 왕비가 죽고 판도스토 또한 작품의 말미에서 자살하는 것으로 끝이 나지만, 이에 상응하는 등장인물인 허마이오니는 죽었다는 소문 뒤에 숨어 끝까지 살아남아 레온티스와 퍼디타가 재회한 장면에서 다시 살아나면서 모든 사건들이 용서와 화해의 엔딩으로 구성되었다.

4. 주요 등장인물 분석

작품 속에 등장하는 인물들의 특성을 분석하고 논하는 것은 그리 쉬운 일이 아니다. 특히 사실주의적인 요소와 환상적이고 비사실적인 요소들이 혼재해 있는 셰익스피어의 말기 로맨스 작품들에 등장하는 인물들의 분석은 더욱 그러하다. 그 주된 이유는 등장인물 개개인들이 실재하는 인물들이 아니라 작품의 주제와 사상을 전달해 주기 위해 창조된 가공의 인물들인 만큼 개인별 개성이나 특성, 그리고 자라온 환경 등 작품 외적 요소들까지 추적하여 분석하는 것 자체가 사족이 되기 때문이다.

그러나 『겨울 이야기』의 경우 나머지 로맨스 작품들과 마찬가지로 그리고 동시에 특정 주인공의 이름이 작품의 제목까지 차지하는 4대 비극과는 달리, 어느 특정 주연급 등장인물이 겪는 인생의 갈등 구조와 번민에 방점이 찍혀 있다기보다는 선과 악, 그리고 애증과 질투, 오해와 화해의 주제까지 광범위한 삶의 편린들을 입체적으로 다루고 있기 때문에, 그 속에서 전개되는 갈등 구조의 전개에 따라 운명을 달리하는 등장인물들의 행동 양식들을 논하는 것은 작품의 심도 있는 이해에 도움이 될 것으로 판단된다. 다만 등장인물의 작품 외적 특성까지 확장하여 분석한 빅토리아 시대의 비평가들이 주로 범했던 오류는 피해야 할 것이다.

레온티스

한순간에 질투의 화신이 되어 작품의 전반부를 파멸로 이끈 당사자로 어느 면으로 보나 칭찬받을 만한 인물은 아니다. 그러나 이전의 모습들에서는 부인을 극진히 사랑하는 자상한 남편의 모습으로, 그리고 죽마고우인 폴릭세너스 왕을 초대하여 성심껏 접대하려는 주빈으로서의 모습, 그리고 카밀로와 같은 충신을 거느린 현명한 왕의 모습을 지닌 인물로 묘사되어 질투 이전과 이후의 선명한 대비를 강조한다. 왕비의 부정을 확신하고 퍼붓는 저주 가득한 대사들과 갓 태어난 공주를 사생아라고 몰아붙이며, 황야에 내다 버려 죽이라고 재촉하는 모습들은 마치 오셀로에서 목격했던 질투가 확장된 듯하다.

허마이오니

레온티스 왕의 질투의 희생양이 되기 전까지 허마이오니는 시실리아의 왕비로서 역할을 충실히 수행해온 모습으로 그려지며, 매우 사려 깊고 자애로우며 사랑스러운 여성으로서의 매력을 모두 갖춘 인물이다. 폴릭세너스 왕에게 체류를 연장해 달라는 요청이 관철되지 않자 레온티스 왕은 왕비에게 도와달라고 하고, 이에 허마이오니는 논리 정연한 화술로 간곡하게 체류연장을 요청하여 승낙을 받아낸다. 왕실의 위엄과 체면을 살려가면서 상대방을 능수능란하게 설득하는 장면은 허마이오니의 왕비로서의 위상과 그녀의 개성을 잘 보여준 예이다.

한편 레온티스의 헛된 질투에서 비롯된 황당한 저주와 형벌을 받게 돼도 허마이오니는 평정심을 잃지 않고 차분하게 대처하며 자신의 결백을 조리 있게 강변하며, 심지어 신탁에 의해 자신의 결백이 밝혀졌음에도 이성을 잃고 저주를 퍼붓는 레온티스의 영혼을 위하여 기도한다. 오랜 세월이 흐른 뒤 마침내 잃었던 딸을 찾고 모든 일을 과거사로 돌리고 화해의 분위기 속에서 막을 내리는 마지막 장면에서 허마이오니가 전하는 마지막 대사에 담겨있는 차분하면서도 위엄 있는 태도는 셰익스피어가 그린 가장 우아하고 아름다운 여성 등장인물로 꼽히기에 부족함이 없다고 판단된다.

폴리나

왕비의 명예와 진실을 밝히기 위해서 온 몸을 던져 싸우는 폴리나의 용기는 어느 면에서 이아고의 부인과도 상통하는 점이 있으며, 저주를 퍼붓는 레온티스 왕에게 한걸음도 물러서지 않은 채 직언으로 응수하는 폴리나는 때론 강직하게, 그리고 때론 유연하게 사태를 대처하는 불굴의 의지를 지닌 인물이다. 그녀의 직언에는 충심이 담겨 있으며, 레온티스의 험한 저주의 말을 듣고도 오히려 그의 유약함과 건강치 못한 정신 상태를 걱정하는 그녀의 태도는 본질적으로 인간에 대한 이해심이 깊은 인물이라는 점이 부각된다.

특히 5막에서 허마이오니 동상에 음악 연주와 더불어 생명을 불어넣어 살아 돌아온 퍼디타를 품에 안기게 해주는 그녀의 치밀한 연출력을 통해 이 작품의 백미를 장식하는 장본인이 바로 폴리나임이 강조된다. 화해의 결말을 유도하고 자신은 16년 전에 타계한 남편을 위해 기도하며 조용히 살겠다는 그녀에게 폴릭세너스 왕을 모시고 돌아온 충신 카밀로와 짝을 맺어 주겠다는 레온티스의 제안은 화해의 결말에서 폴리너를 제외시키지 않으려는 셰익스피어의 의도로 보인다.

폴릭세너스

극의 전반부에서는 질투의 화신이 되어 저주를 퍼붓는 레온티스에 가려 크게 부각되지 않았지만 후반부에서는 자신의 아들인 플로리젤 왕자가 양치기 딸, 퍼디타와 사랑에 빠진 일에 분노하여 포악한 부왕의 모습이 된다. 이는 전반부의 레온티스의 포악한 모습과 어느 정도 대비되기도 하며, 로미오와 줄리엣의 캐퓰렛의 모습을 연상시키기도 한다. 그리고 그는 천민의 딸과 결혼하려는 왕자에게 역정을 내는 부왕의 모습에 셰익스피어는 방점을 두고 있으며, 5막에서 양치기 딸의 정체가 밝혀지자 이내 레온티스 왕과 화해를 하는 모습으로 '화해와 용서'의 주제에 일부분을 차지한다.

카밀로

전반부에서의 카밀로의 모습은 원작에 등장하는 프라니온과 닮은꼴이지만, 후반부에서의 그의 모습은 원작의 캡니오를 확대하여 셰익스피어가 창조한 것으로 보인다. 그는 극에 등장하는 세 부류의 사건 및 인물들을 연결해 주는 역할을 하는 장본인으로 중요한 위치를 차지한다. 폴리나처럼 용기 있는 충신인 그는 개인이 아닌 정의에 충성을 바치는 인물이다. 정의와 명예를 위해 카밀로는 자신의 모든 것을 포기한 채 폴릭세너스와 함께 보헤미아로 야반도주한다.

레온티스를 모실 때도, 폴릭세너스를 모실 때도 그는 유능한 행정관으로, 우정 깊은 친구로, 그리고 정의를 위해서는 망설임 없이 단호하게 행동에 옮기는 유능한 충신의 모습으로 그려진다. 그는 지혜를 짜내서 시실리아와의 화해를 도모했고, 마침내 플로리젤 왕자와 퍼디타 공주의 사랑이 결실을 맺으면서 그의 계획은 완성된다. 그리고 레온티스의 제안으로 폴리나를 아내로 맞으며 '화해와 용서'의 결말에 동참한다.

퍼디타

극의 전반부에서 태어나자마자 부왕의 저주를 받고 황야에 버려진 퍼디타는 구사일생으로 양치기에게 발견되어 자신의 정체를 모른 채 양치기의 딸로 성장한다. 따라서 극의 전반부에서 그녀의 위치는 미약하지만, 16년이란 세월이 흐른 후인 4막부터 끝까지 다시 등장한 그녀의 모습은 매우 당차고 아름다우며 매력적인 인물로 그려질 뿐만 아니라 극의 구성 상으로도 보헤미아의 왕자인 플로리젤의 연인으로, 또 양치기 축제를 주도적으로 이끌어 가는 주인공 등으로 매우 중요한 위치를 점한다.

『요정의 여왕』에 등장하는 패스트렐아처럼 퍼디타의 타고난 심성과

올곧은 예절과 태도는 그녀의 태생이 양치기의 딸답지 않은 귀족스런 면모와 위엄을 지니고 있음을 보여준다. 허미아, 실비아, 줄리엣, 데스데모나 등 셰익스피어의 작품에 등장하는 대부분의 젊은 여인들과 마찬가지로 퍼디타도 솔직담백한 언변과 절제된 태도로 당당한 모습으로 그려지며, 플로리젤과의 사랑에 대해서도 감상적으로 치우침 없이 매우 진취적이다. 여기에 '타임'이 서사역에서 밝힌 대로 퍼디타의 '눈부신 미모'와 매력은 주변사람들을 황홀하게 만들 정도이다. 축제에 참석한 이들에게 꽃을 나누어주는 장면에서 보여준 퍼디타의 언행은 그녀가 가식 없는 타고난 미인으로서의 매력을 지닌 인물임을 강조해 준다.

이를 두고 많은 비평가들은 퍼디타가 오필리어나 마리아나와 같은 비극적 슬픔을 배제한 모종의 천연의 감미로운 매력을 발산하고 있는 것은 사실이며, 이와 동시에 뭐라 형용할 수 없는 발라드적 우수 또한 살짝 깃들어져 있어서 연민의 정을 불러일으킴으로써 로맨스 극의 감미료 역할을 하고 있다고 지적한다.

플로리젤

보헤미아의 왕자로 화해와 용서로 끝나는 작품의 주제의 한 가운데 위치한 인물이다. 또한 플로리젤은 사랑을 위한 정절을 지키는 장본인이고, 사랑하는 퍼디타와의 결혼을 위해 왕자로서의 신분과 재산 등 자신의 모든 것을 포기할 만큼 자기희생이 강한 인물이다. 그는 퍼디타와의 사랑을 위해 부왕을 등지고 시실리아로 사랑의 도피 행각을 서슴지 않았으며, 이러한 플로리젤의 결심과 행동이 궁극적으로는 레온티스 왕과 폴릭세너스 왕과의 화해와 용서를 촉진시키는 결과를 초래함과 동시에 퍼디타가 시실리아의 공주라는 사실이 밝혀지면서 두 사람의 사랑은 모든 사람의 축복을 받는 결혼으로 내닫는다.

오톨리커스

원작에 등장하는 도라스투스의 원로대신인 캡니오를 확장시킨 인물이다. 비록 떠돌이 부랑자의 모습으로 등장하지만 그는 한때 폴릭세너스 왕을 모시던 인물이었으며, 플로리젤을 변장시키고 배에 올라 시실리아로 떠나도록 재촉하고, 왕을 알현하려는 양치기와 그의 아들, 클로운을 속여 함께 배에 태우는 역할로 작품의 행복한 결말에 깊숙이 관여한다.

부랑자로 등장하여 클로운을 속이고 돈을 슬쩍하고, 또 떠돌이 행상으로 변장하여 양치기 축제에서 온갖 잡동사니들을 팔아 치우는 등과 같은 그의 행위가 존경받을 만한 것들은 아니지만, 작품의 주제를 뒤바꿀 만큼의 영향을 미치는 중죄는 아닌 관계로 작품의 재미를 위해 삽입한 에피소드라는 점을 감안한다면 눈감아 줄만하다. 악역이면서도 관객들의 사랑을 받았던 폴스타프의 변형된 모습으로 이해되는 면이 있다.

마밀리우스

레온티스 왕의 아들로 나이는 7살이다. 셰익스피어 작품에 등장하는 그리 많지 않은 아동 등장인물들과 엇비슷한 기능과 역할을 수행한다. 그는 악의 세력에 희생되는 순진한 어린이의 상징으로, 아무런 죄 없는 어린 생명이 간통을 저질렀다는 어머니에 대한 죄책감에 시달리다 죽었다는 비극적 극구성의 정중앙에 위치하여 더욱 연민의 정을 불러일으킨다. 아직 피워보지도 못하고 시들어 버린 꽃봉오리 같은 마밀리우스의 운명은 이 작품의 출처인 『판도스토』에 등장하는 왕자, 가린터의 운명과 매우 흡사하다.

5. 비평사

『겨울 이야기』는 『페리클레스』, 『심벨린』, 그리고 『폭풍』과 함께 셰익스피어의 말기 '로맨스 극' 또는 '낭만적 희비극'으로 분류되는 작품이다.

네 작품 모두 극의 전반부에서 비극적으로 흐르던 분위기가 한 세대가 지난 이후로 설정된 후반부에서 화해와 용서라는 대주제로 '행복한 결말'을 맞게 된다는 공통점을 가지고 있다. 섬이라는 고립된 한 장소에서 거의 모든 사건이 전개되는 『폭풍』은 예외지만 로맨스 극들은 여러 장소를 넘나들며 전반부에서 전개된 갈등구조가 후반부에서 대조를 이루며 화해의 주제로 전개된다. 그리고 부모세대의 갈등이 다음 세대로 이어져 자식세대의 사랑과 결혼을 통한 화해라는 대주제로 전환된다는 공통점도 가지고 있으며, 높은 신분의 등장인물 간의 사랑 이야기, 초자연적인 힘 또는 우연으로 초래되는 사건의 전개, 그리고 왕실 및 목가적인 분위기를 배경으로 전개되는 영웅적인 모험 이야기 등으로 극이 구성되어 선과 악, 미와 추함, 그리고 행복과 처참함 등의 주제들을 다루고 있다.

극의 전반부에서 질투, 증오, 배반으로 꼬이게 된 사건들이 후반부에

이르러 용감한 사랑과 행운, 일관성과 성실함으로 모두 풀리게 되는 바이는 패포드(J. H. P. Pafford)의 지적처럼 '엘리자베스 시대의 세계관에 비추어 진정한 의미의 로맨스' 극이라고 할 수 있는 근거가 된다.

『겨울 이야기』는 셰익스피어 동시대부터 왕정복고시대 이전까지는 비교적 인기가 있었던 작품으로 추정되지만, 영국에 유럽 대륙식 신고전주의 사상이 유입된 왕정복고 시대 이후부터 20세기까지는 제대로 평가를 받지 못했으며 장르의 혼합 문제로 논란의 대상이 되었다. 1672년 존 드라이든(John Dryden)은 이 작품이 현실과 동떨어진 사실을 기저에 깔고 있고 문체 또한 빈약하며, 희극적 요소들에서도 큰 즐거움을 찾기 쉽지 않고, 비극적 요소들에서도 진지한 관심을 끌기에 미약하다고 평했다.

보헤미아 해안에 대한 묘사로 지리적 무지를 드러내고, 죽었다고 알려진 허마이온 왕비가 16년 동안 숨어 지내왔다는 현실성이 떨어지는 내용, 그리고 레온티스의 돌연한 질투심 등은 18세기와 19세기 내내 논란의 대상이 되었다. 빅토르 위고와 토마스 캠벨처럼 이 작품을 찬양했던 비평가가 소수 있기는 했지만 본격적으로 이 작품이 재평가를 받게 되어 오늘의 위상을 차지하게 된 것은 모두 20세기에 들어서면서부터이다.

더웬트 콜리지(Derwent Coleridge), 에드워드 다우든(Edward Dowden), 데이비드 매슨(David Masson), 퍼니벌(F. J. Furnivall), 그리고 필립 시드니 경(Sir Philip Sidney) 등과 같은 19세기를 대표하는 비평가들은 이 작품을 노년에 이른 셰익스피어가 평온하고 잔잔한 감동을 위해 집필한 정도의 작품으로 평했다. 특히 리튼 스트라치(Lytton Strachey)는 강한 어조로 셰익스피어의 말기 로맨스 극들이 '지리멸렬한 등장인물들의 지루한 인생역경'을 다룬 '지루한 드라마'로 미려한 운문 수사를 제외하고 엉성하게 구성된 지루하기 짝이 없는 작품이라고 평했다.

20세기에 접어들면서, 프랭크 커모드(Frank Kermode), 노스워디(J. M. Nosworthy), 필립 에드워드(Philip Edward) 등과 같은 비평가들이 이전과는 새로운 접근을 시도하면서 『겨울 이야기』를 포함한 셰익스피어의 4대 말기 로맨스 극에 대한 재평가가 활발하게 이루어진다. 프라이스(P. R. Price)는 이 작품의 구조에 대해 분석하면서 이 작품이 실내극장인 블랙프라이어즈 극장용으로 쓰였으며, 실내극장의 객석을 메운 상류층 귀족 관객들의 취향에 맞추어 집필한 로맨스 극작품이라고 주장했다. 특히 퀼러-쿠취(Quiller-Couch)는 '화해'라는 대주제가 어느 정도 규모를 갖춘 시간과 공간을 필요로 하기 때문에 극 구성이 엉성하고 산만해질 여지가 없는 것은 아니지만 『폭풍』의 경우처럼 치밀한 전개로 화해의 주제가 효과적으로 성공을 거두었다는 점을 강조했다. 상류층 귀족 관객의 취향에 맞추기 위하여 셰익스피어가 '실험적인' 장르인 로맨스 극을 집필했다는 점에 주목하여 노스워디는 『겨울 이야기』도 『폭풍』 못지않은 성공을 거둔 작품으로 평했다.

작품의 구조 및 대사에 담겨 있는 심상(imagery)와 상징(symbolism) 속에 심오한 철학이 내재해 있음에 주목하여, 틸야드(E. M. W. Tillyard), 팅클러(F. C. Tinkler), 그리고 리비스(F. R. Leavis) 등과 같은 비평가들은 『폭풍』이 셰익스피어의 극적인 인생역경을 반영한 알레고리이고, 『겨울 이야기』는 작가 개인의 삶이 투영된 작품이라고 주장했다. 특히 비극 작품들 이후에 집필된 로맨스 극들은 파국으로 점철된 전반부의 내용이 세월이 지나 다음 세대의 사랑과 결혼이라는 주제로 화해의 결말을 맺으며 두 세대로 축약된 삶의 대서사를 완성하는 것이라고 분석했다.

제임스(D. G. James)도 로맨스 극들이 비극으로부터 확장된 장르라는 점에 주목하며, 로맨스 극들이 '잃어버린 소중한 것'을 되찾는 여정으로 비극에 자주 등장하는 악의 세력에 눌려 잃어버린 물질적/정신적으로 소중한 보물을 다음 세대에 부활한 선의 세력으로 되찾는 구조로 되어있다는 점을 비기독교적 신화로 논했다.

윌슨 나이트(G. Wilson Knight)는 자신이 남긴 수많은 저술들 도처에서 셰익스피어의 말기 로맨스 극들이 '창조적인 대 자연' 및 '불멸의 신화'의 알레고리라고 주장하며 『겨울 이야기』에 '비극적 심리, 유머, 목가적 분위기, 로맨스' 등과 같은 요소로 버무려져 '창조적인 대 자연'의 알레고리 작품의 전형을 보여주는 수작으로 평했다. 호이니거(F. J. D. Hoeniger)도 이러한 윌슨-나이트의 주장에 동조하여 『겨울 이야기』가 '삶-죽음-삶'으로 연연히 이어지는 계절신화를 닮은 대자연의 진리와 인간의 본질을 그린 상징적인 작품이라고 분석했다.

『겨울 이야기』를 고전적인 계절신화 또는 기독교적 죽음과 부활의 알레고리라고 주장하는 비평가들은 파를 이루어 왕성한 연구를 전개하는데, 특히 윙스튼(W. F. C. Wingston)은 퍼디타와 프로서핀, 허마이온과 디미터(또는 세레스)가 서로 대칭을 이룬다고 주장하며 프로스핀을 되찾은 시점에 봄도 함께 온다는 점과 『겨울 이야기』의 결말이 퍼디타와 플로리젤의 사랑과 결혼으로 대화해의 대단원을 장식하면서 자연스럽게 봄과 이어진다고 논했다. 베텔(S. L. Bethel)은 로맨스 극들에 담겨 있는 화해와 용서의 주제가 죽음과 부활이라는 기독교적 진리와 미덕을 바탕에 깔고 있는 것이라고 주장했다.

한편 찰튼(H. B. Charlton)과 휘테커(V. K. Whitaker) 등과 같은 비평가들은 19세기 비평가들의 주장을 계승하여 말기 로맨스 극들을 분석하기도 했는데, 특히 찰튼은 셰익스피어가 작가로서의 역량이 쇠진하여 극적 위력이 떨어진 느슨한 구성과 결말의 극을 쓰게 된 것이며, 비극의 장르가 확장되었을 뿐 그 내용은 부실하다고 지적했고, 휘테커는 치밀한 극 구성으로 비교적 삼일치 법칙에 충실한 『폭풍』을 제외한 로맨스 극들은 흡입력이 부족하고 극적 위력도 떨어진다고 평했다.

그럼에도 불구하고 『겨울 이야기』를 포함한 셰익스피어의 말기 로맨스 극들은, 비록 위에서의 지적들처럼 엉성한 극 구성과 산만한 전개, 개연성이 떨어지는 기적적인 사건들의 삽입 등의 문제로 논란이 되기도 하지만 작품의 공연성을 감안하여 재고해 보면, 4대 비극에 못지않은 재미와 감동이 무궁무진하게 담겨 있는 수작들이라는 점에는 아무도 이의를 달지 않는다.

6. 공연사

이 작품의 공연에 대한 최초의 기록은 1611년 5월에 사이먼 포먼이 직접 관람하고 남긴 기록이다. 특히 그는 2대로 이어지는 로맨스 극의 독특한 극 구성과 플롯에 관심을 가졌고, 오톨리커스가 등장하여 전개되는 목가적인 장면들에 큰 감동을 받은 것으로 추정된다. 6개월 이후인 1611년 11월에 거행된 엘리자베스 공주의 결혼 축하 행사로 선정되었고, 또 1612-13년 크리스마스 축제 기간에 공식 공연으로, 그리고 1618년, 1619년, 1624년에 궁전에서 공연이 있었다는 기록들로 미루어 제임스 1세 치하에서는 매우 인기가 높았던 공연으로 여겨진다.

이후 차츰 인기가 시들해 지면서 한동안 공연된 기록이 없다가 18세기 중반에 셰익스피어가 다시 인기를 끌게 되면서 1741년 굿맨스 필즈 극장(Goodman's Fields Theatre)과 코벤트 가든 극장(Covent Garden Theatre)에서 전막 공연을 했다는 기록이 발견된다. 이후 18세기에는 다른 작품들과 마찬가지로 『겨울 이야기』도 심하게 개작되거나 목가 장면만 발췌, 확장해서 공연하는 사례가 종종 있었다.

1754년 맥나마라 모건(Macnamara Morgan)은 이 작품을 개작하여 「양털 깎기 축제, 또는 플로리젤과 퍼디타」(The Sheep-Shearing: or, Florizel and Perdita)라는 제목으로 공연하여 적지 않은 인기를 끌었는데, 당시 런던 연극계에서는 당대 최고 배우로 꼽히는 데이비드 개릭(David Garrick)이 개작한 「목가극: 플로리젤과 퍼디타」(Florizel and Perdita: A Dramatic Pastral)가 흥행에 성공을 거둔 것으로 기록된다.

19세기의 대표적인 공연으로는 1856년 찰스 킨(Charles Kean)과 1887년 메리 앤더슨(Mary Anderson)의 공연이 꼽히는데, 킨은 역사적 고증을 거친 고전적인 그리스 의상을 입고 열연하여 인구에 회자되었고, 앤더슨은 허마이온과 퍼디타의 이중 배역을 맡아 주목을 끌었고, 특히 퍼디타 역으로 등장하여 양털 깎기 축제 장면에서 황홀한 춤 실력을 뽐내었고, 허마이온 역으로 등장해서는 재판 장면과 조각상 장면에서의 실감나는 연기로 또 한 번 관객들의 찬사를 받았다.

20세기 초에는 당대 최고 배우로 꼽혔던 엘렌 테리(Ellen Terry)가 허마이온 역을 맡아 열연한 공연이 관객들의 찬사를 받았는데, 이 공연은 비어봄 트리(Beerbolm Tree)가 3막으로 각색하여 재구성한 작품이었다. 1912년 원작에 충실한 셰익스피어를 추구했던 할리 그랜빌-바커(Harley Granville-Barker)가 원작에 충실한 전막 공연을 야심차게 무대에 올렸지만 흥행적으로는 그리 큰 주목을 받지 못했다.

1951년 레온티스 왕으로 등장한 존 길거드 경이 열연했던 공연은 당시 20대 중반의 신예 천재 연출가로 주목받았던 피터 브룩의 작품으로 비평가들의 주목을 받으면서 이 작품의 위상을 제고했다. 이후 레온티스 역에는 패트릭 스튜어트(Patrick Stewart), 안토니 셰어(Antony Sher), 제레미 아이언스(Jeremy Irons) 등과 같은 20세기의 기라성 같은 수퍼스타들이 경쟁적으로 캐스팅되면서 『겨울 이야기』의 위상이 주요 공연 작품의 반열에 오르게 된다. 특히 1998/99년 런던 바비칸 극장에서 공연된 작품에는 안토니 셰어가 레온티스로 등장하는데 이 공연은 DVD로 제작되어 관객들의 찬사를 받았다.

셰익스피어 생애 및 작품 연보

셰익스피어의 생애와 작품의 집필연대 중 일부는 비교적 정확히 기록되어 있는 자료에 의존할 수 있지만, 대부분은 막연한 자료와 기록의 부족으로 그 시기를 추정할 수밖에 없으며, 특히 작품 연보의 경우 학자들에 따라 순서나 시기에 차이가 있음을 밝힌다.

1564	잉글랜드 중부 소읍 스트랫포드 어폰 에이번Stratford-upon-Avon 출생(4월 23일). 가죽 가공과 장갑 제조업 등 상공업에 종사하면서 마을 유지가 되어 1568년에는 읍장에 해당하는 직high bailiff을 지낸 경력이 있는 존 셰익스피어와, 인근 마을의 부농 출신으로 어느 정도 재산을 상속받은 메리 아든Mary Arden 사이에서 셋째로 출생. 유복한 가정의 아들로 유년시절을 보냄.
1571	마을의 문법학교Grammar School에 입학했을 것으로 추정.
1578	문법학교를 졸업했을 것으로 추정. 졸업 무렵 부친 존은 세금도 내지 못하고 집을 담보로 40파운드 빚을 냄.
1579	부친 존이 아내가 상속받은 소유지와 집을 팔 정도로 가세가 갑자기 어려워짐.
1582	18세에 부농 집안의 딸로 8년 연상인 26세의 앤 해서웨이Anne Hathaway와 결혼(11월 27일 결혼 허가 기록).
1583	결혼 후 6개월 만에 맏딸 수잔나Susanna 탄생(5월 26일 세례 기록).

1585	아들 햄넷Hamnet과 딸 쥬디스Judith(이란성 쌍둥이) 탄생(2월 2일 세례 기록).
1585~1592	'행방불명 기간'lost years으로 알려진 8년간의 행방에 관한 자료가 거의 없음. 학교 선생, 변호사, 군인, 혹은 선원이 되었을 것으로 다양하게 추측. 대체로 쌍둥이 출생 이후 어떤 시점(1587년)에 식구들을 두고 런던으로 상경하여 극단에 참여, 지방과 런던에서 배우이자 극작가로서 경험을 쌓았을 것으로 추측.
1590~1594	1기(습작기): 주로 사극과 희극 집필.
1590~1591	초기 희극 『베로나의 두 신사』(*The Two Gentlemen of Verona*) 『말괄량이 길들이기』(*The Taming of the Shrew*)
1591	『헨리 6세 제2부』(*Henry VI*, Part II)(공저 가능성) 『헨리 6세 제3부』(*Henry VI*, Part III)(공저 가능성)
1592	『헨리 6세 제1부』(*Henry VI*, Part I)(토머스 내쉬Thomas Nashe와 공저 추정) 『타이터스 안드로니커스』(*Titus Andronicus*)(조지 필George Peele과 공동 집필/개작 추정)
1592~1593	『리처드 3세』(*Richard III*)
1592~1594	봄까지 흑사병 때문에 런던의 극장들이 폐쇄됨.
1593	「비너스와 아도니스」(*Venus and Adonis*)(시집)
1594	「루크리스의 강간」(*The Rape of Lucrece*)(시집) 두 시집 모두 자신이 직접 인쇄 작업을 담당했던 것으로 추

정되며, 사우샘프턴 백작The third Earl of Southampton에게 헌사하는 형식.

챔벌린 극단Lord Chamberlain's Men의 배우 및 극작가, 주주로 활동.

1593~1603 및 이후 『소네트』(*Sonnets*)

1594 『실수 연발』(*The Comedy of Errors*)

1594~1595 『사랑의 헛수고』(*Love's Labour's Lost*)

1595~1600 2기(성장기): 낭만희극, 희극, 사극, 로마극 등 다양한 장르 집필.

1595~1596 『로미오와 줄리엣』(*Romeo and Juliet*)

『리처드 2세』(*Richard II*)

『한여름 밤의 꿈』(*A Midsummer Night's Dream*)

『존 왕』(*King John*)

1596 아들 햄넷 사망(11세, 8월 11일 매장).

부친의 가족 문장 사용 신청을 주도하여 허락됨(10월 20일).

1596~1597 『베니스의 상인』(*The Merchant of Venice*)

『헨리 4세 제1부』(*Henry IV, Part I*)

스트랫포드에 뉴 플레이스 저택Great House of New Place 구입 (마을에서 두 번째로 큰 저택으로 런던 생활 후 은퇴해서 죽을 때까지 그곳에 기거).

1598 벤 존슨Ben Jonson의 희곡 무대에 출연.

1598~1599 『헨리 4세 제2부』(*Henry IV, Part II*)

『헛소동』(*Much Ado About Nothing*)

『헨리 5세』(*Henry V*)

1599	시어터 극장The Theatre에서 공연하던 셰익스피어의 극단이 땅 주인의 임대계약 연장을 거부하자 '극장'을 분해하여 템즈강 남쪽 뱅크사이드 구역으로 옮겨 글로브 극장The Globe을 짓고 이곳에서 공연. 지분을 투자하여 극장 공동 경영자가 됨.
1599 ~ 1600	『줄리어스 시저』(*Julius Caesar*)
	『좋으실 대로』(*As You Like It*)
1601 ~ 1608	3기(원숙기): 주로 4대 비극작품이 집필, 공연된 인생의 절정기
1600 ~ 1601	『햄릿』(*Hamlet*)
	『윈저의 즐거운 아낙네들』(*The Merry Wives of Windsor*)
	『십이야』(*Twelfth Night*)
1601	「불사조와 거북」(*The Phoenix and the Turtle*)(시집)
	아버지 존 사망(9월 8일 장례).
1601 ~ 1602	『트로일러스와 크레시다』(*Troilus and Cressida*)
1603	엘리자베스 여왕 사망(3월 24일). 추밀원이 스코틀랜드의 제임스 6세를 잉글랜드의 제임스 1세로 선포.
	제임스 1세 런던 도착(5월 7일) 후 셰익스피어 극단 명칭이 챔벌린 경의 극단에서 국왕의 후원을 받는 국왕 극단King's Men으로 격상되는 영예(5월 19일).
	제임스 1세 즉위(7월 25일).
1603 ~ 1604	『자에는 자로』(*Measure for Measure*)
	『오셀로』(*Othello*)
1605	『끝이 좋으면 모두 좋다』(*All's Well That Ends Well*)

『아테네의 타이몬』(*Timon of Athens*)(토머스 미들턴Thomas Middleton과 공동작업)

1605~1606 『리어 왕』(*King Lear*)

1606 『맥베스』(*Macbeth*)

『안토니와 클레오파트라』(*Antony and Cleopatra*)

1607 딸 수잔나, 성공적인 내과의사인 존 홀John Hall과 결혼(6월 5일).

1607~1608 『페리클레스』(*Pericles*)(조지 윌킨스George Wilkins와 공동작업)

『코리올레이너스』(*Coriolanus*)

1608~1613 제4기: 일련의 희비극 집필.

1608 셰익스피어 극장이 실내 극장인 블랙프라이어스Blackfriars 극장을 동료배우들과 함께 합자하여 임대함(8월 9일).

어머니 메리 사망(9월 9일 장례).

1609 셰익스피어 극장이 블랙프라이어스 극장 흡수, 글로브 극장과 함께 두 개의 극장 소유.

1609~1610 『심벌린』(*Cymbeline*)

1610~1611 『겨울 이야기』(*The Winter's Tale*)

『태풍』(*The Tempest*)

1611 고향 스트랫포드로 돌아가 은퇴 추정.

1613 『헨리 8세』(*Henry VIII*)(존 플레처John Fletcher와 공동작업설)

『헨리 8세』 공연 도중 글로브 극장 화재로 전소됨(6월 29일).

1613~1614 『두 귀족 친척』(*The Two Noble Kinsmen*)(존 플레처와 공동작업)

1614~1616 말년: 주로 고향 스트랫포드의 뉴 플레이스 저택에서 행복하

고 평온한 삶 영위.

1616 둘째 딸 쥬디스, 포도주 상인 토마스 퀴니Thomas Quiney와 결혼(2월 10일).

쥬디스의 상속분을 퀴니가 장악하지 않도록 유언장 수정(3월 25일).

스트랫포드에서 사망(4월 23일. 성 삼위일체 교회 내에 안장).

1623 『페리클레스』를 제외한 36편의 극작품들이 글로브 극장 시절 동료 배우 존 헤밍John Heminge과 헨리 콘델Henry Condell이 편집한 전집 초판인 제1이절판으로 출판됨.

아내 앤 해서웨이 사망(8월 6일).

옮긴이 **김동욱**

성균관대학교 문과대학 영어영문학과 졸업(B.A)

성균관대학교 대학원 영어영문학과 졸업(M.A)

(미) 미시건 주립대학교 대학원 연극학과 졸업(Ph.D)

(영) 셰익스피어 연구소 수석연구원(Hon. Research Fellow)

현재, 성균관대학교 문과대학 영어영문학과 교수

저서 『셰익스피어 작품해설 1』(범한서적, 2000)(공저), 『셰익스피어 작품해설 2』(범한서적, 2002)(공저), 『연극의 이해』(집문당, 2000)(공저), 『영국 르네상스 드라마의 세계 1』(동인, 2004)(공저), *Shakespeare's World/World Shakespeare*(New Ark: U. of Delaware Press, 2008)(공저)

역서 『글렌게리 글렌 로스』(동인, 1999), 『얀 코트의 연극론』(동인, 2002)(공역), 『트로이의 여인들』(동인, 2003), 『자에는 자로』(성균관대학교 출판부, 2004), 『셰익스피어 연기하기』(성균관대학교 출판부, 2005), *Four Contemporary Korean Drama*(AMC, 2007), 『세계 연극사』(HS Media, 2010), 『레프 도진과 말리드라마 극장』(동인, 2010)(공역)

논문 「The Tragic Vision in Greek Tragedy, Shakespearean Tragedy, and Noh Drama」 (2010), 「지역화로 재생산된 셰익스피어: 번역(안)/각색된 『햄릿』을 중심으로」(2012), 「『자에는 자로』에 등장하는 하층 계급 인물 연구」(2013) 등 다수

겨울 이야기

초판 3쇄 발행일 2024년 4월 15일

옮긴이 김동욱

발행인 이성모

발행처 도서출판 동인

주 소 서울시 종로구 혜화로3길 5 118호

등 록 제1-1599호

TEL (02) 765-7145 / FAX (02) 765-7165

E-mail donginpub@naver.com

ISBN 978-89-5506-648-7

정 가 10,000원